中华远古神话衍说
三皇五帝

刘勤 等著

黄帝神话

人文初祖

生活・读书・新知 三联书店

Copyright © 2020 by SDX Joint Publishing Company.
All Rights Reserved.
本作品版权由生活·读书·新知三联书店所有。
未经许可，不得翻印。

图书在版编目(CIP)数据

人文初祖：黄帝神话／刘勤等著．— 北京：生活·读书·新知三联书店，2020.8
（中华远古神话衍说·三皇五帝）
ISBN 978-7-108-06764-7

Ⅰ.①人… Ⅱ.①刘… Ⅲ.①神话—作品集—中国 Ⅳ.①I277.5

中国版本图书馆CIP数据核字(2020)第024829号

责任编辑　徐旻玥
封面设计　刘　俊
责任印制　黄雪明
出版发行　生活·读书·新知 三联书店
　　　　　（北京市东城区美术馆东街22号）
邮　　编　100010
印　　刷　常熟高专印刷有限公司
版　　次　2020年8月第1版
　　　　　2020年8月第1次印刷
开　　本　650毫米×900毫米　1/16　印张　12.5
字　　数　118千字
定　　价　39.00元

总 序

小时候，听长辈讲长征的故事，通常会这样开始："自从盘古开天地，三皇五帝到如今，历史上还从来没有过我们这么伟大的长征……"那时觉得盘古开天、三皇五帝等传说，离我们很遥远很遥远，有一种悲壮、辽阔、深邃的感觉，却是深深地刻印在心底。后来知道，那是中华民族壮丽史诗的开篇，不由得萌生出一种很崇高的感觉。

盘古开天的故事，早在两汉后期的史书中就有记载。据说当时天地一体，混沌难分。盘古君龙首蛇身，嘘为风雨，吹为雷电，开目为昼，闭目为夜。后来，他的故事在民间传播得更加神奇，说是一天醒来，见四周黑暗，他便抡起大斧劈开去，混沌的天地就这样被分开了。此后，他的呼吸，他的声音，他的双眼，他的四肢，还有他的肌肤，化作流动的风云,震耳的雷鸣,明亮的日月,辽阔的大地,奔腾的江河……从此,盘古就成为后人心目中开天辟地创造人类世界的始祖。

三皇的记载,众说纷纭。李斯的说法很权威。《史记·秦始皇本纪》载李斯的话说:"古有天皇、有地皇、有泰皇。"这样说又很笼统,于是又有人把它坐实,出现了女娲、燧人、伏羲、神农、祝融等具体人名。至于五帝,分歧就更多了。司马迁依《世本》《大戴礼》,以黄帝、颛顼、帝喾、唐尧、虞舜为五帝。而孔安国《尚书序》、皇甫谧《帝王世纪》、孙氏注《世本》,则以伏牺、神农、黄帝为三皇,少昊、颛顼、高辛、唐尧、虞舜为五帝。

在中国人的心目中,三皇五帝是华夏各民族的始祖,围绕着他们的各种神话传说格外丰富。如"绝地天通""羲和浴金乌"等,反映了人类早期通过幻想对天地宇宙、人类起源、自然万物的探索;"仓颉造文字""嫘祖始蚕桑"等神话故事既充满幻想,又很接地气;"后羿射骄阳""青要山武罗"等故事主人公敢于抗争,锲而不舍,体现出一种为大我牺牲小我的精神;"象罔寻玄珠""许由拒帝尧"等故事,描写的虽是身边琐事,但蕴含的却是大道理。这些故事,散见于群籍,需要有人作系统的整理,让更多的读者去理解、去欣赏。早年,沈雁冰(茅盾)先生著《中国神话研究》说:"中国神话不但一向没有集成专书,并且散见于古书,亦复非常零碎，所以我们若想整理出一部中国神话来，是极难的。"上世纪八十年代，袁珂先生筚路蓝缕，系统地研究中国神话，推出了一系列成果。其中《中国古代神话》是一部普及性的读物，从世界是怎样形成的开始，分十章描述了女娲补天的壮举、黄帝与蚩尤的战争、帝舜与帝喾的传说、嫦娥奔月的故事、鲧禹治水的功绩等，初步梳理出了中国远古神话的发展线索。同是蜀人的刘彦序君耗时十载，踵事增华，编纂了这部《中华远古神话衍说·三皇五帝》，继续完成这项"极难的"整理工作。作者以大家所熟悉的"三皇五帝"为纲，从创世之母，女娲神话说起，依次叙述了伏羲、神农、黄帝、颛顼、帝喾、尧帝、舜帝等与其臣僚、配偶、子嗣、敌友的错综关系以及相关神灵故事和神话传说，将纷繁复杂的远古神话故事，条分缕析，构成八个系列，广泛涉及文学、神话学、民俗学、宗教学、美术、音乐、教育学、心理学等多个学科，充分吸收近年来学术界的研究成果，多有创获。

首先是体例新颖。八个系列包含了八十篇故事。每篇分为四个部分，即"原典""今绎"（故事）"注释"和"衍说"。每则故事，都是基于作者的综合研究，用简练、诗化的现代语言讲述出来。"原典"既包括神话原典，也包括学界成果，说明"今绎"的故事，言必有据。"注释"是对故事中的一些疑难字词加以注音释义，尤其是一些神话人名和地名。作者在叙述中华远古神话传说演变的过程中，又站在

"如今"的立场上,从历史学或神话学的角度,对这些神话故事进行了专业"衍说",一则交代神话故事及相关背景、历史事件、象征意义,二则阐释经典神话中的审美价值、教育意义。这种结构方式,使得这部著作别开生面,不仅能为普通读者,特别是青少年读者所接受,就是对于各行各业的成年读者来说,也具有相当积极的参考意义。

其次是立意高远。这套书有别于传统的耳熟能详的神话叙述方式,而采用多种形式,对中华远古神话进行独特深入的挖掘,拓展丰富了神话的内容和形式,揭示出我们的先民在创业过程中的艰辛劳作、丰功伟绩以及留给后人的启迪。如尧帝篇"偓佺献松子"的故事,作者在"衍说"中指出,人生的价值不止于长生,甚至可以说,相对于精神的不朽,肉体的长生就显得黯然失色了。人是要有一种精神的,这是我们的基本信念。所以司马迁在《报任安书》中说:"人固有一死,或重于泰山,或轻于鸿毛……"《老子河上公章句》也说:"人所以生者,以有精神。"又如感生神话,突出母子之爱;嫘祖神话,突出勤劳勇敢、乐于助人;夔神话,突出"多行不义必自毙";玄珠神话,突出正心诚意、无为而为;武罗神话,突出为了大我而牺牲小我的抉择。很多神话传说,蕴含着丰富的爱国主义、推己及人、悲悯人生、团结友爱、英雄主义等情怀,给现代教育增添了新的血液。

第三是雅俗共赏。作者满怀激情,通过诗意的语言,将遥远的神话传说带到当下。全书还配以大量插画,以普通民众喜闻乐见的方式传达深刻的人生道理,充满了诗情画意。人物的面貌与服饰,唯美、怪异、神秘,呈现出典型的东方色彩,营造出了神秘的神话氛围。图文并茂,生动活泼。通过这些神话故事,作者试图说明:神话的美,不仅在于它的奇幻和瑰丽,更在于它所体现出来的对人类的终极关怀。中华远古神话反映出人类共同的心理需求,是人类把握世界、认识世界的一种方式,也是一种重要的文化力量。

　　读罢全书,我很自然地就会想到毛泽东同志在《论反对日本帝国主义的策略》中说过的话。在这篇文章中,他把中国工农红军的伟大长征与盘古开天、三皇五帝联系起来,说自从盘古开天地,三皇五帝到如今,"我们中华民族有同自己的敌人血战到底的气概,有在自力更生的基础上光复旧物的决心,有自立于世界民族之林的能力"。中华民族在漫长的发展进程中,逐渐形成了共有的文化血脉。维护国家的统一,追求民族的昌盛,满足人民的幸福,是我们这个古老民族的根本所系,更是我们民族的精神象征。从这个意义上说,重新解读、理解三皇五帝的故事,其实也是一种寻根,就是要从根本上追寻我们这个古老民族的文化基因,固本培元,凝心铸魂。后世的中华帝王庙,往往以炎黄二帝作为华夏始祖,正是中华民族不忘本来、开创未来的象征。我们的文化教育工作者,就是要像总书记所要求的那样,通过自己的专业知识,从根本上讲清楚我们国家和民族的历史传统、文化积淀、基本国情;讲清楚中华文化积淀着中华民族最深沉的精神追求,是中华民族生生不息、发展壮大的丰厚滋养;讲清楚中华优秀传统文化是中华民族的突出优势,是我们最深厚的文化软实力;讲清楚中国特色社会主义植根于中华文化沃土、反映中国人民意愿、适应中国和时代发展进步要求,有着深厚的历史渊源和广泛的现实基础。

诚如作者所说,神话是一个民族的"本",是人类的"本"。我们需要从三皇五帝的故事传说中、从中华优秀传统文化中汲取养分和智慧,站稳脚跟,自觉延续文化基因,增长民族自尊心和自豪感。这是中华民族生存发展之本,凝心聚力之魂。今天的中国人,正豪迈地行进在新时代的伟大长征途中。在我们每个人的背后,都有一个长长的影子,那不仅仅是个人的身影,还有着厚重的民族文化的底色。刘彦序君通过独特的著述方式,把遥远的三皇五帝,清晰地展示在我们面前,如此近切,如此生动,有助于我们更好地理解我们的过去、现在和未来,也有助于我们更好地理解自己。

正基于这样的认识,我积极推荐《中华远古神话衍说·三皇五帝》。

刘跃进
己亥岁末写于京城爱吾庐

开 篇

人的历史，不仅有物质的历史，更有共尊共传的精神史。

神话，是一个民族的记忆和血性，也是人类共同的智慧和梦想。

再也没有比神话更惹人争议的事物了。这里我不去说它饱含的复杂理论和深奥学问，我关注的是人与神话本身。

古往今来，不知有多少文人骚客钟情于神话。庄子演神话为寓言，李白借神话抒逸篇，干宝铸伟史于志怪，松龄寄情怀于狐仙。经、史、子、集中，哪一处没有神话的身影？及至当代，神话又变换身姿，通过影视、新媒，一再地被创造、演绎并发酵。

神话并不仅仅是以一种高高在上的姿态存在，实际上更多时候，它是"随风潜入夜，润物细无声"般地融入我们生活的方方面面。比如，我们即使知道自己是父母所生，却仍骄傲地称自己为"龙的传人"。神话已然成为一种符号、象征,以及打上了民族烙印的精神寄托。

曾几何时,中国神话"零散、不成系统"的结论,似乎已经由老一辈神话学学者和民俗学家的阐释,深入人心。曾几何时,中国人艳羡希腊北欧神话,感叹我们的永久性缺失。然而,经过多年的神话研究我才发现,中国神话并不寥落,只是亟待钩沉和连缀,亟待唤醒并将其转变为一股催人奋发的力量。

不可忽视,在浩如烟海的中国古籍中,频频出现神话;而今华夏大地上,仍不断地滋生着新的神话。如梦,如烟,如螭龙,如钟磬,谁能摹状它的奇美灵动、它的细微浩瀚、它的庄严怪诞?它似乎始终有一种摄人心魄的力量,让人努力地超越"人"的世俗,而走向神圣的境地。

近半个世纪的神话学研究,在相近学科的成长之下,迎来了短暂的辉煌。一批神话资料的整理、分析和研究,以及比较研究,都取得了可喜成绩。然而,如同大部分社会科学的科研成果一样,它们被束之高阁,远离众生,自然也难以为人们所接纳。我们的此套丛书,算是科研转化的开山之作吧!

20世纪80年代前后,曾有一批知名画家为神话画过插图,付梓即成经典。后来,出版社不断翻印,可惜无论在形式还是内容上,40年来实在没有实质性突破。所以至今大家耳熟能详的仍然莫过于《盘古开天》《女娲补天》《精卫填海》《后羿射日》《嫦娥奔月》等寥寥几篇而已,大量神话无处寻踪，又或杂糅后起传说故事、童话、鬼话以及西方神话寓言故事，在时间、类别、精神、体系上完全不加甄别，引起读者的混淆。但是，值得注意的是，这寥寥几篇神话自诞生以来被万千次地引用，蕴含其中的中华文化基因和精神特质，每每让读者升起民族自豪感，产生奋起前行的活力。这又足以说明，中华神话作为民族文化之经典，即使过去千年，不仅不会褪色，反而如醇酒，历久弥芬。

因此，对中华神话的深入挖掘、整理，重新架构中华神话的完整体系，展示中华民族生生不息的文化基因和精神特质，是一项亟待进行的重要的文化工作。

"中华远古神话衍说·三皇五帝"即是首次对中国神话进行独特的挖掘、整理、改编、注解、评说的系统文化工程，前后耗时十载。丛书以"三皇五帝"为纲。

所谓"三皇五帝"，就是"三皇五帝时代"，又可称为"神话时代""上古时代"或"远古时代"。近现代考古发掘证明，这个时代很有可能如传说那样存在过。但是，"三皇五帝"的世系属后人伪造，所列顺序也并非是前后相继的关系。然"三皇五帝"之称由来已久，它承载着相当丰富的神话、历史信息，也经历了从神化到人化，再从人化到神化的复杂过程。至于"三皇五帝"到底是哪"三皇"哪"五帝"，历来众说纷纭，莫衷一是。

先来说"三皇"。"三皇"之称，说法众多，如天皇（伏羲）、地皇（神农）、泰皇（少典）、人皇（少典）、燧人、伏羲（太昊）、神农（炎帝）、女娲、黄帝、共工、祝融等。在此聊举三种。一说是燧人、伏羲、神农（见《尚书大传》《风俗通义》《白虎通》）；一说是天皇、地皇、泰皇（见《史记》），或说天皇、地皇、人皇（见《春秋纬·命历序》）；还有说是伏羲、女娲、神农（见《春秋纬·运斗枢》《春秋纬·元命苞》）。迄今为止，学术界普遍认为，人类历史上最早出现的神灵皆为女神，后经父系社会的改造而男性化、男权化，"三皇五帝"也是如此。故今在选择"三皇"时，采用汉代纬书《春秋纬·运斗枢》《春秋纬·元命苞》的说法，并将创世女神女娲置于三皇之首。

再来说"五帝"。"五帝"之称，说法也多。如黄帝、颛顼、帝喾（高辛）、尧、舜、大皞（伏羲、太昊）、炎帝、少皞（少昊）、青帝（太昊）、白帝（少昊）、赤帝（炎帝）、黑帝（颛顼）等。在此聊举三种。一说是黄帝、颛顼、帝喾、尧、舜（见《国语》《大戴礼记》《吕氏春秋》《史记》）；一说是宓戏（伏羲）、神农、黄帝、尧、舜（见《战国策》《庄子》《淮南子》）；一说是太昊、炎帝、黄帝、少昊、颛顼（见《礼记》《潜夫论》）。以第一种说法最多，故今从其说。

此外，"三皇"与"五帝"的搭配又有多种；"三皇五帝"与诸多神灵的关系也纷繁复杂。比如，黄帝、炎帝、蚩尤之间的关系，神农与炎帝之间的关系，夸父、蚩尤、炎帝、祝融之间的关系，颛顼与少昊之间的关系错综复杂，一直都是研究上古史最大的疑案、悬案。

又如，长期以来，炎帝和神农合而不分。但《史记·五帝本纪》说"神农氏世衰"才有轩辕黄帝之世作，《国语·晋语四》又说:"昔少典娶于有蟜氏,生黄帝、炎帝。黄帝以姬水成,炎帝以姜水成,成而异德,故黄帝为姬,炎帝为姜。"可知,炎帝绝非神农,也不存在后裔或臣属关系。于此,崔述在《补上古考信录》中已有详论,兹不赘述。

那两者又为什么在后来合称不分了呢?"神农",顾名思义,是反映远古农业部落时代之称号,其神格与农业密切相关。故《风俗通义》说他"悉地力,种谷蔬,故托农皇于地"。《礼记·月令》也说,季夏之月"毋举大事,以摇养气,毋发令而待,以妨神农之事也"。而炎帝又为两河地区冀州中南从事农业生产部落之首领。大概正因为两者的业绩都与农业密切相关,又都似与黄帝部族有"对立"关系,故后来合二为一,长期以来不加分辨,便难分彼此了。

因此,本书钩沉古籍,对此虽有一定分辨,但考虑到两者的长期互融互渗现实,尤其是炎、黄的"对立"关系早已被弱化处理,所以作者有时也进行折中处理。再加上,本丛书"三皇五帝"中,神农为三皇之一,而炎帝未被列入,因此炎帝的故事被适当整合到了神农系列中。比如,在注重神农对于医药、五谷贡献的基础上,也不回避掺入炎帝的故事,唯其如此,才应是最"真实"的神话吧!

总之,本丛书以"三皇五帝"为线索架构故事,共80篇故事。每篇在体例上分为四个部分,即"原典""今绎""注释"和"衍说",颇具创新。"原典"是"今绎"改编的主要依据,既包括神话原典,也包括学界成果;"今绎"是科研转化的成果,是基于"原典"的改编,以简练、诗化的语言进行传述;"注释"是对文中疑难字词的注音注义,便于读者疏通文义;"衍说"是从历史学或神话学的角度,进行专业性和知识性的拓展,便于读者对中国神话有更加深入的认知。

改编所依据的原典遴选自上百种古籍,参考了后世研究文献和当今前沿成果,学术依据充分。改编时充分挖掘原典的精神内涵和想象空间。故事设置波澜起伏、耐人寻味。对每个故事的评说,力求见解独到,能给读者以启发。显然,本丛书在中国神话改编中所具有的创新性和前沿性,将为中国神话的接受和传播开创更为广阔的空间。

正所谓"本立而道生",神话就是一个民族的"本"、人类的"本"。神话本身所具有的认识功能、审美功能、符号象征功能,必将给我们以及后世子孙提供不竭源泉。中华民族诚然是一个博大坚韧、自强不息、富于希望的民族,这难道不是神话祖先和文化英雄们立人立己的精神为我们留下的璀璨瑰宝吗?

"问渠那得清如许,为有源头活水来。"江河东去,日月西行;回溯神话,云上听梦,不仅仅是探奇求胜的奇妙之旅,更是回归本心的家园之依啊!

彦序 上颐斋

2018年8月31日

目录

总序/刘跃进 |1

开篇 |1

绪言 |1

青要山武罗 |1

【原典】 |3
【今绎】 |5
【衍说】 |17

黄帝斩恶夔 |19

【原典】 |21
【今绎】 |22
【衍说】 |34

糊涂儿混沌 | 37

【原典】 | 39
【今绎】 | 40
【衍说】 | 50

象罔寻玄珠 | 53

【原典】 | 55
【今绎】 | 56
【衍说】 | 67

孤独的旱魃 | 69

【原典】 | 71
【今绎】 | 73
【衍说】 | 84

嫘祖始蚕桑　　　　　　　| 87

【原典】　　　　　　　| 89
【今绎】　　　　　　　| 90
【衍说】　　　　　　　| 100

风后巧指南　　　　　　　| 103

【原典】　　　　　　　| 105
【今绎】　　　　　　　| 106
【衍说】　　　　　　　| 118

玄女授兵符　　　　　　　| 121

【原典】　　　　　　　| 123
【今绎】　　　　　　　| 125
【衍说】　　　　　　　| 135

仓颉造文字 | 137

【原典】 | 139
【今绎】 | 140
【衍说】 | 151

陆吾和英招 | 153

【原典】 | 155
【今绎】 | 156
【衍说】 | 167

后记 | 169

绪　言

黄帝，"五帝"之首，恐怕是最能让华夏民族热血沸腾的神话历史人物了！

黄帝，其实就是皇帝。"皇"即大。"帝"在甲骨卜辞中原本指天神和上帝（上天之帝）。所以，皇帝（黄帝）的意思，就是皇天上帝。

神话中的黄帝，自然崇拜和图腾崇拜色彩还很浓厚。《山海经·海外西经》中说轩辕之国，黄帝之民都是"人面蛇身，尾交首上"。《韩非子·十过》中描绘了昔日黄帝"合鬼神于泰山之上，驾象车而六蛟龙"时，虎狼、龙蛇、凤凰伴随左右的浩荡场面。

黄帝最初是雷神。《河图稽命征》记载他的母亲附宝"见大电光绕北斗权星"而妊娠；《河图帝纪通》说"黄帝以雷精起";《春秋合诚图》说"轩辕,主雷雨之神也"。可见,黄帝是以雷神崛起,迅速胜四帝而成为中央天帝的。

随着黄帝成为中央天帝,神灵皆出其下,世系开始重新编排。被称为"古之巫书"的《山海经》屡屡明确祖述黄帝,如"黄帝生禺䝞"(《大荒东经》),"黄帝生苗龙,苗龙生融吾,融吾生弄明,弄明生白犬,白犬有牝牡,是为犬戎"(《大荒北经》),"有北狄之国,黄帝之孙曰始均,始均生北狄"(《大荒西经》)。这说明,禺䝞、犬戎、北狄等部落群体,已崇黄帝为祖神。

此外,战国铜器铭文(齐国陈侯因𬸦敦)明确记载:"高祖黄帝,迩嗣桓文。"司马迁《史记·殷本纪》《史记·周本纪》说帝喾是黄帝之孙,《三代世表》说"舜、禹、契、后稷,皆黄帝子孙也"。尽管这些说法历史错位离谱,政治改造明显,但至少也可以说明一点:尧、舜、禹,夏、商、周之先民,无一例外早已将黄帝作为祖神。黄帝在华夏文化中的初祖地位,稳若泰山。

毫无疑问,黄帝当之无愧是华夏民族的"人文初祖"。

正所谓"成也萧何,败也萧何"。黄帝盛名之下,被历史化改造得不成样子。当孔子的弟子询问老师黄帝何以能"三百年"(三百岁)时,孔子却说:"民赖其利,百年而死;民畏其神,百年而亡;民用其教,百年而移。故曰黄帝三百年。"又如,据《太平御览》所引战国《尸子》以及长沙马王堆汉墓帛书,黄帝有"四面"(四张脸),后经孔子阐释,"四面"变成了"取合己者四人,使治四方"的合理化解释。到了《史记·五帝本纪》中,黄帝就俨然是个德配天地、功蔽日月的人间帝王楷模了。

实际上,何必改造,神话也是历史,不过是用另一种语言在叙述历史而已。从历史考证上讲,黄帝本为东方游牧民族部落联盟之首领。黄帝所处的时代,应是母系氏族石器时代。闻一多、郑慧生、龚维英、赵国华等就考证说黄帝本为女性,其原型就是母系氏族时期的部落女首领。蚩尤、炎帝本为冀中南农业部落之首领。经长期征战,黄帝统一各部族,逐渐由往来迁徙无定处的处境转化为安土重迁的农业定居生活。

这是影响华夏历史的重大事件,值得被一再书写。故本书所撰黄帝系列神话,便多以黄蚩之战为大背景。如《青要山武罗》《孤独的旱魃》《风后巧指南》《玄女授兵符》,可合而观之。

据考,这场战争确实存在过。《山海经》《史记》均有记载。前者记载得比较原始,神话色彩浓厚;后者则已历史化,十分简单、古朴。大约距今四五千年,今关中平原、山西西南的黄帝族与炎帝族经过融合,沿黄河岸向华北平原之西发展。约与此同时,起于今冀、鲁、豫交界的蚩尤九黎族,则由东向西发展。最后两大部落联盟为争夺资源,在涿鹿之野开战,战争持续时间之长,联合部族之多,战争之反复,世所罕见。本书故事中的各种动物、精魅、鬼怪、灵物,从历史学的角度视之,应与各氏族、部族的图腾徽记密切相关。

自然,远古部族之间的战争、分裂与融合,本无今日意义上之正义与非正义之分。然在改写中,又不得不尊重后世的文化抉择和读者期待,黄帝的正义性和蚩尤的非正义性就由此而生了。

本册《人文初祖——黄帝神话》,共精选了与黄帝相关的10个神话故事,分别是:《青要山武罗》《黄帝斩恶夔》《糊涂儿混沌》《象罔寻玄珠》《孤独的旱魃》《嫘祖始蚕桑》《风后巧指南》《玄女授兵符》《仓颉造文字》《陆吾与英招》。主要讲述了黄帝与其爱人、敌手、臣僚、子女之间的神话故事,反映了神话英雄们在华夏民族建立中的赫赫之功和美好品性。

《青要山武罗》讲述的是黄帝与武罗的凄美爱情故事。善良、英勇的武罗族生活在神秘的青要山上。途经这里的黄帝,爱上了美丽的女王武罗。当时黄帝正在与蚩尤作战,武罗便带领最精锐的武士和迅猛的野豹,与黄帝并肩作战,但是却被蚩尤军队中的魑魅魍魉所迷惑,惨遭灭族。为了复仇,也为了黄帝,武罗与神豹融为一体。分享了神豹神性的武罗所向披靡,完成了使命,却永远失去了美丽的容颜,不得不放弃了与黄帝的厮守。

《黄帝斩恶夔》讲述的是黄帝斩杀神兽恶夔的故事。远古神兽夔，食量巨大，贪婪无比。他常常吃饱以后，就用尾巴敲打肚皮，发出震耳欲聋的声音。他靠这种声音，来屠戮流波山上的动物们。不仅如此，他还跑到人间去抢劫，弄得民不聊生。黄帝决心为民除害。经过激烈的战斗，黄帝终于斩杀了夔，并令人把他的皮剥下来，做成了八十面鼓；又用夔的骨头做成了鼓槌。战争中擂鼓前进，威力无比。

《糊涂儿混沌》讲述的是黄帝的儿子混沌糊里糊涂被朋友害死的故事。黄帝的儿子混沌虽然长着五官，却不能有真正的辨别能力，颠倒黑白是非。他不喜欢善良、诚实的好人，反而喜欢邪恶、贪鄙的坏人。他所结交的朋友，也尽是糊里糊涂、没有判断能力的酒肉朋友。他宴请朋友倏和忽，倏和忽就拿来凿子和锤子，以帮混沌凿出七窍作为报答。结果，一日凿一窍，七日而混沌死。

《象罔寻玄珠》讲述的是黄帝丢失玄珠后，派众臣去寻找而发生的啼笑皆非的故事。黄帝的玄珠丢了，派了很多人去找。大家公认的最聪明的智没有找到，视力最好的离朱没有找到，天界最霸道的喫诟也没有找到，最后实在找不到合适的人选，就派了大家公认"糊里糊涂""笨手笨脚"的象罔去，居然找到了。

《孤独的旱魃》讲述的是黄帝的女儿旱魃的故事。黄帝的丑女儿旱魃，从小就像个火球，小伙伴们觉得她怪异可怕，不喜欢和她玩耍，她也很自卑、孤僻，幸好还有温柔的母亲鼓励她。随着她一天天长大，神力更加恐怖，热量与日俱增。当时，黄帝和蚩尤正在打仗，蚩尤请来风伯、雨师，弄得天昏地暗，洪水滔天。战神玄女建议让旱魃收水。旱魃鼓足勇气参战，不辱使命，黄帝转败为胜。但是，旱魃因为体能耗尽，只能坠落人间。她所到之处，大旱千里，受到人们的驱逐，旱魃只能终生孤独游荡。

《嫘祖始蚕桑》讲述的是黄帝元妻嫘祖养蚕抽丝的故事。那时，人们还只能穿粗糙的兽皮，裸露的皮肤经常溃烂、感染，很多人因此而死亡。嫘祖从小勤劳聪慧，善于观察生活细节。她从蜘蛛织网，联想到用野蚕丝织布；她收集蚕茧，尝试方法抽丝剥茧；她循序渐进，将野蚕驯养为家蚕。她做事总是一丝不苟，永不放弃。随后，嫘祖养的蚕越来越多，越来越好。她煮茧抽丝，纺织布匹，做成衣服，并将方法毫无保留地教给人们。黄帝十分钦佩嫘祖，便娶她为妻。后人为了纪念嫘祖，将她奉祀为"先蚕"。

《风后巧指南》讲述的是黄帝臣风后勤于钻研的故事。风后是个有智慧的老顽童。黄帝在梦境的提示下，找到了风后，并得到了他的辅佐。当时涿鹿之战正在进行。蚩尤唤出山妖鬼魅，释放出弥天黑雾，黄帝军队因此而遭受重创。风后在北斗七星的启示下，通过不懈的努力，发明了指南车，突破迷雾，帮助黄帝获得了战争的胜利。

《玄女授兵符》讲述的是黄帝师战神玄女的故事。蚩尤到处进犯他族,黄帝出兵讨伐。蚩尤兄弟铜头铁额,凶狠异常,又加上山妖鬼魅做帮凶,且趁夜偷袭,黄帝军队大败。玄女身穿战袍从天而降,传他兵符战法,黄帝军队获得了暂时性胜利。蚩尤军队继设"幽冥阵",玄女冥思苦想,终用桃符和神剑克敌制胜。

《仓颉造文字》讲述的是黄帝臣仓颉造字的故事。黄帝统一华夏后,结绳记事渐渐不能满足生活需求。一个偶然的机会,在凤凰、貔貅脚印以及猎人的启示下,仓颉认识到创造文字与抓住事物特性之间的重要关联,于是开始观察身边的一切。他走访各部落,并搜集、记录、整理、分析各种信息,终于发明了博采众长、以类万物的文字。

《陆吾和英招》讲述的是黄帝臣陆吾与英招的故事。陆吾掌管着黄帝花园的时节和神界的法律。在花园里各种怪兽(如土缕、钦原、树鸟、蛟龙、赤蛇等)的溜须拍马之下,陆吾变得骄傲、懈怠,玩忽职守。后来怪兽们危害到人间,这罪恶的一切被负责巡视的天神英招看到了,并禀报给黄帝。黄帝盛怒,命令英招捉拿、惩戒怪兽,并取消了陆吾的神职,责令他悔过。

最后,还有几点说明:

第一,本书与时著体例不同,尤其是每个故事后面的"衍说",从专业角度拓展了该神话故事的相关文化知识和理论视野,指出了现实意义。但是,囿于作者的能力和识见,肯定有挂一漏万和阐释不当不足之处,恳请各位善知识不吝赐教。

第二,故事叙述用诗行排列,力求简练、疏朗,并凸显每个故事、人物的独特性和精神特质,尽量避免出现复杂的人物关系,故对有些形象进行了简化甚至省略,读者若想获取全貌,不妨将单篇连缀起来阅读,或据"衍说"按图索骥。

第三,本书的神话故事,因所采文献博杂、零碎,有些故事原典之间本身矛盾龃龉,改编时,作者为避免削足适履之感,在基本遵循原典精神的前提下,有时据故事需要酌情取舍。此套丛书的编写虽有严格的文献依据,也有一定的专业性解说,但毕竟非严谨的神话学学术著作,或可视为学术研究向大众读物的下移,故更注重故事的文学性、神话性和可读性,若要坐实历史或仅以学术标准核之恐失作者初衷。

是为序。

彦序　上颐斋
2018 年 12 月 18 日

青要山武罗

刘勤 高蓉 撰
安艳月 绘

【原典】

○（先秦）佚名《山海经·中山经》："又东十里曰青要之山。实维帝之密都，北望河曲是多驾鸟。南望墠渚，禹父之所化，是多仆累、薄卢。䰠武罗司之，其状人面而豹文，小要而白齿，而穿耳以镰，其鸣如鸣玉。是山也，宜女子。畛水出焉，而北流注于河。其中有鸟焉，名曰鴢，其状如凫，青身而朱目赤尾，食之宜子。有草焉，其状如葌，而方茎、黄华、赤实，其本如藁本，名曰荀草，服之美人色。"

○（战国）屈原《楚辞·九歌·山鬼》："若有人兮山之阿，被薜荔兮带女萝。既含睇兮又宜笑，子慕予兮善窈窕。乘赤豹兮从文狸，辛夷车兮结桂旗。被石兰兮带杜衡，折芳馨兮遗所思。余处幽篁兮终不见天，路险难兮独后来。表独立兮山之上，云容容兮而在下。杳冥冥兮羌昼晦，东风飘兮神灵雨。留灵修兮憺忘归，岁既晏兮孰华予？采三秀兮于山间，石磊磊兮葛蔓蔓。怨公子兮怅忘归，君思我兮不得闲。山中人兮芳杜若，饮石泉兮荫松柏，君思我兮然疑作。雷填填兮雨冥冥，猿啾啾兮狖夜鸣，风飒飒兮木萧萧。思公子兮徒离忧。"

○（晋）郭璞《山海经图赞》："有神武罗，细腰白齿。声如鸣佩，以镰贯耳。司帝密都，是宜女子。"

○（南朝梁）顾野王《玉篇》："神名䰠，始人切。山神也。"

附:

○袁珂《中国古代神话》:"《楚辞·九歌·山鬼》:'若有人兮山之阿,被薜荔兮带女罗,既含睇兮又宜笑,子慕予兮善窈窕。乘赤豹兮从文狸,辛夷车兮结桂旗。被石兰兮带杜衡,折芳馨兮遗所思。……留灵修兮憺忘归,岁既晏兮孰华予?采三秀兮于山间,石磊磊兮葛蔓蔓,怨公子兮怅忘归,君思我兮不得闲。'文中所引是据文怀沙《屈原九歌今绎》译文。从这里可以看出有好几处地方魖武罗类似山鬼。'白齿'所以'宜笑','小要(腰)'所以'窈窕',而'乘赤豹'之于'豹文',又很有演化的迹象可以寻求,这是一。山鬼采三秀,主要是想藉以恢复她美艳的青春,而魖武罗附近的'䔄草','服之'亦足'美人色',又有其类似之处,这是二。山鬼所期待的那个'不得闲'的'灵修',当然不是普通的凡人,而应该是高级的天神,疑之于魖武罗和黄帝的关系,正又有很大的类似之处,这是三。因此魖武罗和山鬼,我很疑心或系同一传说的分化。"

【今绎】

一

在神秘的东方之境,
有一座美丽的青要山①。
山上树木四季葱绿,
清冽②的溪水在山谷蜿蜒流淌,
叮叮当当的声音在林间跳跃。

二

十二只䴔鸟③围绕着一位女子,曼舞翩翩。
她身披香草,头戴香花,
骑着一匹红色的野豹,

---

① 青要山:神话中的山名。《山海经·中山经》:"又东十里,曰青要之山,实维帝之密都。"此处的"帝",为黄帝。
② 清冽:指水澄清而寒冷。唐柳宗元《小石潭记》:"伐竹取道,下见小潭,水尤清冽。"
③ 䴔鸟(yǎo niǎo):鸟名。此鸟青色的身子上有浅赤色的羽毛,尾巴是红色的,据说吃了对生子有好处。《山海经·中山经》:"其中有鸟焉,名曰䴔,其状如凫,青身而朱目赤尾,食之宜子。"

十二只鸬鸟围绕着一位女子,曼舞翩翩。
她身披香草,头戴香花,
骑着一匹红色的野豹,
耳朵上戴着一对碧环。
她就是武罗族的女王——武罗。
黄帝见了她,心里荡起阵阵涟漪,
"啊!多么美丽的女神!"

耳朵上戴着一对碧环。
她就是武罗族①的女王——武罗。
黄帝见了她,心里荡起阵阵涟漪②,
"啊! 多么美丽的女神!"

三

黄帝采集鲜花,为武罗编成花环,戴在额间。
武罗摘下香草,为黄帝做成香包,挂在腰上。
蚩尤③来袭,天地大乱,
武罗带领最精锐的武士,骑着威猛的野豹,
与黄帝携手作战。

---

① 武罗族:古代传说中的民族,以武罗为首领。这个民族的人身上长着豹纹,牙齿为白色,腰部纤细,穿耳,耳饰发出玉器撞击的声音。《山海经·中山经》:"武罗司之,其状人面而豹文,小要而白齿,而穿耳以镰,其鸣如鸣玉。"

② 涟漪:指风吹起的水面波纹,微波。《诗经·魏风·伐檀》:"坎坎伐檀兮,置之河之干兮,河水清且涟猗。"

③ 蚩尤(chī yóu):上古时代九黎氏族部落的首领,神话中常将其魔化。传说他骁勇善战,是兵器的发明者。又有兄弟八十一个,半人半兽,个个铜头铁额,本领非凡。

蚩尤的军队里,
有一种人首兽身的魑魅,善于迷惑人。

四

蚩尤的军队里,
有一种人首兽身的魑魅,善于迷惑人。
迅捷①机敏的野豹,
被魑魅怪异的声音所迷惑,
辨不清方向,有的甚至自己爬到树上吊死;
有的分不清敌我,互相残杀!

五

战场中,有一个可爱的小娃娃,
他长着长长的耳朵,
红红的眼睛,酷似红宝石,
他就是邪恶的魍魉②。
骁勇善战的武罗族女子心灵柔软,
不忍心伤害这个"小娃娃",
却反过来被他摄取了魂魄,吃掉了心肝!

---

① 迅捷:迅速敏捷。晋傅玄《走狗赋》:"既迅捷其无前,又闲暇而有度。"
② 魍魉(wǎng liǎng):古代传说中的山川精怪和鬼神。一指疫神,传说为颛顼之子所化。晋代干宝《搜神记》:"昔颛顼氏有三子,死而为疫鬼:一居江水,为疟鬼;一居若水,为魍魉鬼;一居宫室,善惊人小儿,为小鬼。"

战场中,有一个可爱的小娃娃,
他长着长长的耳朵,
红红的眼睛,酷似红宝石,
他就是邪恶的魍魉。

六

族人和野豹死状凄惨!
武罗悲愤、痛哭,
长跪在族灵神豹面前祈求:
"神豹啊! 请您赐给我无上的神力吧!
让我能消灭可恶的魑魅魍魉!"
神豹轻声叹息:
"如果这样,你必须和我融为一体,
从此,永远与我相伴,
再也无法拥有美丽的外表!"

七

武罗眷恋地看着自己白皙清透的肌肤,
回味着与黄帝相恋时的甜蜜,
心中万般不舍!
但望着族人战死的方向,
她缓缓地闭上了双眼,微微颔首①。

---

① 颔首:点头,表示允可,赞许。唐韩愈《华山女》诗:"玉皇颔首许归去,乘龙驾鹤来青冥。"此处表示点头答应。

但望着族人战死的方向,
她缓缓地闭上了双眼,微微颔首。
很快,她的全身渐渐长出了野豹一样的花纹,
野豹一样的尾巴……

很快，她的全身渐渐长出了野豹一样的花纹，
野豹一样的尾巴……

八

武罗幻化①出成千上万的野豹，
在原野上奔跑嚎叫。
乌云笼罩着天地，
狂风阵阵飞旋呼号。
魑魅魍魉被吓得牙齿打战，
逃进深山之中，
从此再也不敢为虎作伥②。

---

① 幻化：犹言变化，变幻。《列子·周穆王》："穷数达变，因形移易者，谓之化，谓之幻。造物者其巧妙，其功深，固难穷难终；因形者其巧显，其功浅，故随起随灭。知幻化之不异生死也，始可与学幻矣。"

② 为虎作伥：传说一个被虎吃掉的人，死后成为伥鬼，虎行求食时，则为虎前导清道。后比喻做恶人的帮凶。

武罗幻化出成千上万的野豹,
在原野上奔跑嚎叫。

九

胜利以后,为了信守承诺,
武罗不得不放弃与黄帝的爱情,
独自躲进了青要山的山洞里。
黄帝找不到武罗,
悲切地在山间声声呼唤。
武罗藏在密林间,
凝望着黄帝伟岸的身躯,
泪流满面。

十

武罗的头上始终戴着黄帝为她编织的花环。
她每天采集各种香草,做成香包,
却一个也没有送出。
她常常骑着红色的野豹在山间歌唱,
让鸠鸟帮她传递深深的思念。

她常常骑着红色的野豹在山间歌唱,
让鹠鸟帮她传递深深的思念。

【衍说】

袁珂认为《山海经》中的武罗与屈原在《楚辞》中所歌咏的山鬼,实为一神之演化,颇有道理。《山海经》中的"帝",若不特指,一般均指黄帝。所以,仅据《山海经·中山经》所载的青要山上武罗职司"帝之密都",便足以令人对二人关系浮想联翩。本故事正是将武罗与山鬼的故事合一,并抓住其要素和主要相关意象,从而衍出了这么一段荡气回肠的爱情故事。

实际上,武罗除了与山鬼具有一而二、二而一的关系外,还与大禹经涂山所遇之神姑、蜀中之素女有密切关联。这些女神虽然神格、神迹有时不同,但身上都有一些共同特征,即外表美艳,对异性极具吸引力。而这些异性,又几乎都是位高权重者或高级天神。所以,此篇神话故事极具代表性,它不仅是对《山海经》武罗神话和《楚辞》山鬼神话的抒写和改编,更是对一类女神,甚至是一类母题(如"神神恋"母题、"人神恋"母题)神话内蕴的开发。

远古"神神恋"母题或"人神恋"母题,多少有些"娱神"成分,具有强烈的功能主义意识和浓厚的宗教情感。发展到现在,这些因素已然脱落。当我们今天来看这篇武罗和黄帝的爱情故事时,可能打动我们的,仅仅是从审美角度和伦理角度出发的"爱情"本身。

每个人都向往美好的爱情，但是真正的爱情，不是索取，而是付出。真正的爱情，应该相互扶持、携手并进、同甘共苦。武罗爱上了黄帝，所以带领族内最精锐的武士和最威猛的野豹，与黄帝携手作战。在遭遇善于魅惑之术的魑魅魍魉，武罗一族几乎全部灭亡的危急关头，武罗作为女王，又担当起"复仇""复国"的大任。在此时爱情和责任不能两全，武罗为了部族利益，义无反顾地牺牲了爱情。武罗和黄帝的爱情在这里注定是一场悲剧，让人唏嘘感叹不已。武罗身上闪耀着忠于爱情、信守承诺、坚持正义、勇于承担的人性光芒，这些优良品质穿越千年而光大，传承在我们的血液中。人无信则不立，在现代社会，诚信正义同样是我们安身立命的根本。

黄帝斩恶夔

刘勤 杨陈 撰
王舒啸 绘

【原典】

○（先秦）佚名《山海经·大荒东经》："东海中有流波山，入海七千里。其上有兽，其状如牛，苍身而无角，一足，出入水则必风雨，其光如日月，其声如雷，其名曰夔。黄帝得之，以其皮为鼓，橛以雷兽之骨，声闻五百里，以威天下。"

○（先秦）佚名《山海经·中山经》："又东北三百里，曰岷山。江水出焉，东北流注于海，其中多良龟，多鼍。其上多金玉，其下多白珉，其木多梅棠，其兽多犀象，多夔牛，其鸟多翰鷩。"

○（西汉）司马迁《史记·孔子世家》："木石之怪夔、罔阆。"南朝宋裴骃集解："韦昭曰：'木石谓山也。或云夔，一足，越人谓之山缫也。或言独足魍魉，山精，好学人声而迷惑人也。'"

○（东汉）许慎《说文解字》："夔，神魖也。如龙，一足，从夊；象有角、手、人面之形。"

○（晋）郭璞《山海经图赞》："西南巨牛，出自江岷。体若垂云，肉盈千钧。虽有逸力，难以挥轮。"

○（北宋）李昉《太平御览》引西晋皇甫谧《帝王世纪》："黄帝于东海流波山得奇兽，状如牛，苍身，无角，能走。出入水中风雨。光如日月，其音如雷。名曰夔。黄帝杀之，以其皮为鼓，声闻五百里。"

【今绎】

一

天地开辟①以后,
神兽夔②就住在东海的流波山中。
山上有数不清的金银珠宝,
夔的宫殿也是碧玉做成的。

二

夔真是个贪婪的家伙,
一次可以吞下五十头牛。
吃饱了,他就慵懒地躺在宫殿里,
用尾巴悠闲地敲打着自己的肚皮,发出震耳欲聋的声音,

---

① 天地开辟:在中国神话传说中,盘古开天辟地标志着人类历史的开始。三国吴徐整《三五历记》记载:"天地混沌如鸡子,盘古生其中,一万八千岁。天地开辟,阳清为天,阴浊为地,盘古在其中,一日九变,神于天,圣于地。天日高一丈,地日厚一丈。"后来常用该词来比喻空前的,自古以来没有过的事。这里形容夔很古老。

② 夔(kuí):中国神话传说中一种像龙的独脚怪兽。

天地开辟以后,
神兽夔就住在东海的流波山中。
山上有数不清的金银珠宝,
夔的宫殿也是碧玉做成的。

可能正因为如此,
夔又被称为"雷兽"。

三

这声音越来越大,
常常让流波山上的动物们耳膜破裂,
有的甚至被震晕过去,或者五脏崩裂而死。
夔闭着眼睛,懒洋洋地继续"鸣奏"。
睡个懒觉起来,
它就得意地去山上"捡"现成,
带回来吃个精光。
流波山上本来有很多珍禽异兽,
但被夔这么一"屠戮",
就越来越少了。

四

尽管如此,夔还是总也吃不饱,
饿了,就跑到民间抢东西吃。

它全身发光,能呼风唤雨,
所以,每次出入水中,都会引来一场狂风暴雨。
黑暗中,只见一道亮光,像雷电一样一闪而过,
猪呀,羊呀,牛呀,马呀,人呀……都不知道被卷到哪儿去了。
房子、大树离地而起,随风而去。

五

父母失去了孩子,妻子失去了丈夫,孩子成了孤儿。
侥幸留下来的人啊,不是少了胳膊,就是缺了腿儿。
贫瘠的土地上,到处哭声一片,
这日子可怎么过呀!

六

黄帝听到了人间的哀鸣,惊问玄女①是怎么回事儿。
玄女叹了口气:

---

① 玄女:九天玄女的简称,是传说中的神女。原是中国神话中传授黄帝兵法,助黄帝制服蚩尤的女战神,后被道教奉为女仙和术数神。

父母失去了孩子,妻子失去了丈夫,孩子成了孤儿。
侥幸留下来的人啊,不是少了胳膊,就是缺了腿儿。
贫瘠的土地上,到处哭声一片。

"唉,还不是流波山上那只贪吃的夔干的!
他一饿,就出来抢人吃人,
弄得方圆几百里哀鸿遍野、寸草不生!"

七

黄帝深知夔难以对付,
决定亲自去流波山杀夔。
远远地传来"轰轰轰"的巨大声响,
循着这雷鸣般的声音,黄帝找到了夔。
它的样子奇怪极了:
人的脸,鳄鱼的牙齿,牛的肚子,龙的尾巴。
它全身都是灰色的,头上没有角。
更奇怪的是,它只有一只脚!

八

夔吃饱了,正用尾巴悠闲地敲打着肚子。
"轰轰轰——"
这声音太具有杀伤力了——
整个宫殿都猛烈地摇晃起来,

循着这雷鸣般的声音,黄帝找到了夔。

它的样子奇怪极了:

人的脸,鳄鱼的牙齿,牛的肚子,龙的尾巴。

它全身都是灰色的,头上没有角。

更奇怪的是,它只有一只脚!

巨石纷纷从山上滚落下来,

小动物们吓得魂飞魄散,赶紧捂住耳朵逃进山洞里。

黄帝也被这巨响震得头晕目眩,睁不开眼睛。

"你这祸害苍生的家伙,今天我就为民除害!"

黄帝的掌心化出一柄剑,散发出金光。

这就是轩辕剑①。

此剑是众神采首山之铜为黄帝所铸,

专门斩杀邪恶,无坚不摧!

九

夔被轩辕剑的金光刺痛,惊醒,

大惊失色,号叫着赶快逃命。

它虽然只有一只脚,蹦蹦跳跳,

但是却跑得飞快,一溜烟就不见了。

夔变化成鳄鱼,逃到了东海底,

黄帝也变化成龙,紧追不舍;

夔跃出海面,闪电般腾空而起,

黄帝穿过云层,咬住夔的尾巴,

---

① 轩辕剑:神奇兵器名。据说是一把拥有神秘力量的圣道之剑,又称"轩辕夏禹剑"。传说此剑由众神采首山之铜为黄帝所铸,后传给夏禹。

黄帝的掌心化出一柄剑,散发出金光。
这就是轩辕剑。

把它拖下来,重重地摔到了地上。

十

最后,黄帝终于斩杀了夔。
夔死后,黄帝命人将夔的皮剥下来,
做成了八十面皮鼓;
又取下它的一根骨头,
做成了鼓槌。

十一

在后来黄帝一统华夏的战争中,
玄女命人以雷兽之骨击鼓前进,鼓声威力无比:
一击,可以威震五百里;
三击,可以威震三千八百里。
鼓声所到之处,
时光停止前进,白云停止飘动,
虎豹停止奔跑,敌人停止进攻。
大刀砍到半空,就停下了。

玄女命人以雷兽之骨击鼓前进,鼓声威力无比,
一击,可以威震五百里;
三击,可以威震三千八百里。

十二

为了威慑四面八方,
黄帝把夔的形象画在战旗上,
铸在青铜器上,
让天下的人都知道:
"善有善报,恶有恶报"的道理。

【衍说】

关于夔的说法很多,但主要源头即是《山海经·大荒东经》所载。在《尚书》《黄帝内经》《六帖》诸书中夔一再被演绎,其形象也渐渐丰满起来,并具有多样性。但无论是为乐正,还是雷神之坐骑,其源头仍不出于《山海经》中之"雷兽"的形象。本故事的主要情节仍主要依据《山海经·大荒东经》,一些细节参考别书。

各家中国文学史在讲述神话的"历史化"时,都常常会列举到"夔一足"的典故。此典故出于《吕氏春秋》:"鲁哀公问于孔子曰:'乐正夔一足,信乎?'孔子曰:'昔者舜欲以乐传教于天下,乃令重黎举夔于草莽之中而进之,舜以为乐正。夔于是正六律,和五声,以通八风,而天下大服。重黎又欲益求人,舜曰:……若夔者一而足矣。'故曰夔一足,非一足也。"此处本来是黄帝时期的事,变成了舜帝时期的事;本来是"一足"的怪兽夔,被改造为大才子乐正,甚至"夔一足"三字,后来被用以形容"有真才者一人即足",与本义真是风马牛不相及啊!

夔在《山海经·大荒东经》中就是一个有一只足,能呼风唤雨并发出雷鸣般声响的怪兽,它的乐官身份是到了《尚书·尧典》里才获得的。《吕氏春秋》中,孔子对于夔的解释,显然是为了适应当时社会而进行的"合理化"解释,是孔子杜撰的，由此也可管窥不语怪、力、乱、神的儒家改造神话的一般态度和方式。中国神话的过早"理性化"和后来的式微，与儒家的此种态度密不可分。

本篇故事，情节并不复杂，作者的编撰意图无非是想表达朴素的善恶观念。故事紧紧抓住"雷兽"夔能发出巨大声响这一特点做文章。这声响是它吃饱后尾巴敲打肚皮所致，是它表达惬意满足的方式；这声音让人和动物害怕、敬畏，并使它获得"雷兽"之称；这声音还是杀伤性武器，可以屠戮动物，成为它获取食物的有力武器；这声音也是给它招来杀身之祸的罪魁祸首。

善恶观念是一个人最基本的立身观念。做了坏事，不管是有心的还是无意的，都要承担相应的后果。夔这种洪荒大猛兽，食量巨大，鼾声如雷，它的贪婪和残忍，似乎与生俱来。夔可能认为自己只是填饱肚子、睡个好觉而已，但客观上却导致了生灵涂炭，民不聊生。

黄帝为什么要剥夔的皮？这看起来真的很残忍。一方面，黄帝是为了借此来遏制敌对势力，让天下的人以夔为戒，不再作恶。另一方面，黄帝是要告诉人们战争是残酷的、罪恶的，应爱好和平。因为夔皮生前能够发出巨大声响，死后做成鼓也具有强大魔力，正如文中所说"鼓声所到之处……敌人停止进攻。大刀砍到半空，就停下了"。这不仅是"物尽其用"，更是反战意识的表达啊！

黄帝斩夔,并非出于私怨,而是为了平息民愤。任何与民为敌的,都是真正的敌人;任何为民除害的,都是真正的英雄。

糊涂儿混沌

刘勤 李远莉 撰
安艳月 绘

【原典】

○（先秦）佚名《山海经·西山经》："又西三百五十里，曰天山，多金玉，有青雄黄。英水出焉，而西南流注于汤谷。有神焉，其状如黄囊，赤如丹火，六足四翼，浑敦无面目，是识歌舞，实惟帝江也。"

○（春秋）左丘明《左传·文公·文公十八年》："昔帝鸿氏有不才子，掩义隐贼，好行凶德，丑类恶物，顽嚚不友，是与比周，天下之民谓之浑敦。"

○（战国）庄周《庄子·内篇应帝王》："南海之帝为儵，北海之帝为忽，中央之帝为浑沌。儵与忽时相与遇于浑沌之地，浑沌待之甚善。儵与忽谋报浑沌之德，曰：'人皆有七窍以视听食息，此独无有，尝试凿之。'日凿一窍，七日而浑沌死。"

○（西汉）司马迁《史记·五帝本纪》："昔帝鸿氏有不才子，掩义隐贼，好行凶慝，天下谓之浑沌。"

○（西汉）东方朔《神异经·西荒经》："昆仑西有兽焉，其状如犬，长毛四足，似熊而无爪，有目而不见，行不开。有两耳而不闻，有人知性，有腹无五脏，有肠直而不旋，食而径过。人有德行而往抵触之。有凶德则往依凭之。天使其然，名为浑沌。"

○（清）袁枚《子不语·蛇王》："楚地有蛇王者，状类帝江，无耳目爪鼻，但有口；其形方如肉柜，浑浑而行，所过处草木尽枯；以口作吸吞状，则巨蟒恶蛇尽为舌底之水，而肉柜愈觉膨然大矣。"

糊涂几混沌

39

【今绎】

一

黄帝①有个儿子叫混沌②,
他身上长满了长长的红毛,
而且有六只脚,样子有点儿像狗,
喜欢在地上爬着走。

二

混沌,他啊,
有眼睛,却看不见这个世界真正的美丽,
有耳朵,却听不见小鸟欢快鸣叫的声音,
有鼻子,却闻不到雨后泥土的芬芳,
有嘴巴,却尝不出食物的酸甜苦辣。

---

① 黄帝:据《左传·文公·文公十八年》,浑敦的父亲是"帝鸿氏"。又据《史记》集解、索隐和正义可知,黄帝即帝鸿氏。
② 混沌:古代传说里的中央之帝,又称浑沌、浑敦、帝江。《庄子》将其寓言化,说混沌生无七窍,日凿一窍,七日凿成而死。

混沌,他啊,
有眼睛,却看不见这个世界真正的美丽,
有耳朵,却听不见小鸟欢快鸣叫的声音,
有鼻子,却闻不到雨后泥土的芬芳,
有嘴巴,却尝不出食物的酸甜苦辣。

他还长着两对笨拙的、红色的翅膀,
能飞,却飞不高。

三

混沌一天到晚,
做不了什么正经事儿,
就喜欢咬着自己的尾巴,
呼啦啦地在地上打旋旋儿,
憨痴痴地仰天大笑。

四

混沌一遇到善良、诚实的好人,
总是一头把对方撞得人仰马翻;
遇到邪恶、贪鄙的坏人,
反而想方设法去依附巴结他。
大家都批评混沌太糊涂了,
可是混沌装作没有听见。

混沌一天到晚,
做不了什么正经事儿,
就喜欢咬着自己的尾巴,
呼啦啦地在地上打旋旋儿,
憨痴痴地仰天大笑。

五

他天天都这样浑浑噩噩的,
交的朋友也是糊里糊涂的酒肉朋友。
有一天,混沌招待他的两个好朋友倏①和忽②吃大餐。
倏和忽狼吞虎咽的时候,
混沌就在旁边扑腾着笨拙的翅膀,演奏音乐。

六

倏的嘴巴很大,
他总是把整盘整盘的食物倒进嘴里,
肚子像吹了气一样,很快就圆鼓鼓的。
忽是个大缺牙,
吃东西嚼不烂,全是囫囵吞枣,
吃完了也不知道是酸的还是甜的。

————

① 倏(shū):传说中的神名,是南海之神。
② 忽(hū):传说中的神名,是北海之神。

有一天,混沌招待他的两个好朋友倏和忽吃大餐。
倏和忽狼吞虎咽的时候,
混沌就在旁边扑腾着笨拙的翅膀,演奏音乐。

七

在回家的路上,
倏对忽说:"混沌哥哥对我们很好啊!"
忽表示赞成:"的确好啊,总是拿出最好的食物招待我们。"
倏很感激地说:"我们也该报答报答他!"
忽表示赞成:"我们一起来想个绝妙的方法吧!"倏一拍手,
大嘴咧开笑道:"啊,我知道了——
混沌的眼睛、耳朵、鼻子、嘴巴都不能正常使用,
我们帮他凿通畅吧!"
忽兴奋地跳了起来:"太好了,这真是个壮举!"

八

倏和忽兴致勃勃地拿来大凿子和大锤子,
混沌痴痴地笑着,乖乖地坐在原地。
他们首先要给混沌凿眼睛,
"嘿哟!"倏鼓足劲儿,一凿子下去,
混沌痛得扑闪着翅膀,满地打滚儿。
倏担忧地说:"混沌哥哥这样滚来滚去的,
我们就没有办法帮他开凿眼睛了!

他们首先要给混沌凿眼睛，
"嘿哟！"倏鼓足劲儿，一凿子下去，
混沌痛得扑闪着翅膀，满地打滚儿。

你赶快把他捆住吧!"

九

忽找来最结实的藤蔓,搓成绳子,
把混沌牢牢地捆绑在大树上,
并且安慰他说:
"混沌哥哥,安静点嘛,不要东跑西跑的,
很快你就能像我们一样,
能看见、能听见、能闻到,而且能吃大餐了!"

十

倏和忽忙活了整整七天,
每天都是太阳下山时,他们才收工。
混沌的眼睛、耳朵、鼻子、嘴巴,终于凿好了!
倏和忽很满意地看着自己的"杰作",
却不知道,混沌早就没有呼吸了。

倏和忽忙活了整整七天,
每天都是太阳下山时,他们才收工。
混沌的眼睛、耳朵、鼻子、嘴巴,终于凿好了!
倏和忽很满意地看着自己的"杰作",
却不知道,混沌早就没有呼吸了。

【衍说】

混沌,又叫浑敦、帝江。据《山海经·西山经》和《神异经·西荒经》可知,它的动物性特征极强,是为"神兽"。《左传》《说文》《神异经》等,将其描绘为负面形象,或是没有进化完全者,如"浑敦无面目"或"有目而不见,行不开,有两耳而不闻,有人知性,有腹无五藏,有肠直而不旋,食径过";或天生厌德喜凶,与饕餮、穷奇、梼杌合称为"四凶"。这样一个坏家伙,父亲居然又是大名鼎鼎的"帝鸿氏",即黄帝,这确实耐人寻味。

到了《庄子·内篇》,庄子把混沌神话中的象征意味突显出来,并与自己的"无为""自然"等理念相结合,遂成就了"混沌之死"的寓言。混沌之为混沌,就是因为它没有我们常人的七窍,"混而为一",一旦有了七窍,混沌就不复存在了。庄子要表达的是,遵循自然的规律,才是真正的符合大道。

今之学者从不同角度对此寓言进行了解读。有人将"混沌"看作大母神隐喻,神话深层结构图式,或者"反文明"回归;有人把"混沌"与西方的"卡俄斯"(chaos)进行对比分析,认为混沌是人类最原始的一代巨人神;有人把"混沌"视为道家氤氲朦胧的审美范式和生态思维;还有人认为此寓言传达的深层意义是,以混沌之死暗喻"礼"对"德"

的谋杀,一旦不以德来维系而以德之戕害为后果的话,"礼"自身也就式微崩坏了。这就暗示着"德"与"礼"式政教典范的终结,以及由此开展的中国式"天下观"精神之瓦解。由此可见,此篇寓言内蕴的深刻性和阐释的开放性。

毫无疑问,混沌作为后世常常用来追溯遂古之初的象征,含义具有多重性。比如,表示空间的不分别,表示封闭和黑暗。从"混沌"二字的语符来看,吴泽顺认为,"混沦一名,语源于混沌……浑沦、混沦、昆仑,并为混沌之转语形式,混沦与昆仑古音同",含圆形、坟墓、封闭、黑暗之义,与地狱、幽都、魔鬼相关联。混沌又被阐释为"原气",如《列子·天瑞篇》言:"太初者,气之始也;太始者,形之始也;太素者,质之始也。气形质具而未相离,故曰浑沦。浑沦者,言万物相浑沦而未相离也。视之不见,听之不闻,循之不得,故曰易也。"

无论是作为何种意义出现的混沌,其基本特征都包含着前逻辑、不分别、无秩序、远古和原初指向的"乌洛波洛斯"(ouroboros)。叶舒宪、萧兵就曾将混沌看作母腹、子宫和宇宙卵的抽象表达,甚至直接指出混沌就是想象的宇宙原型实体,他们对《山海经》混沌诸相的解说为:"混沌"是"昆仑"这一东方神话世界山的物化或物态形式,是"匏:葫芦"的对应物与存在的自然"实体",是"混沌:宇宙"的缩微与"原初的美妙"。混沌思维到底是初民的确具有的一种思维形式，还是后人假想出的一种状态呢？这个很复杂。但是，没有什么东西是凭空产生的，所谓的"假想"不过是集体无意识的一种再现罢了。

这篇经改编后的故事仍然是富有寓意的，可以从多角度去思考，对于我们当下人生颇有启发。

混沌为什么会死？它死于自己的朋友之手。它为什么会交这样的朋友？因为它自己不能辨别善恶，正所谓"物以类聚""人以群分"，归根结底，原因还是在自己这里。真正的朋友，不是酒肉朋友，而是一起向着正确的道路奋进的良师益友。要交到这样的朋友，首先要提高自身的修养、智慧和辨别能力。

故事读来令人啼笑皆非，又背冒冷汗。人如果不走向正道，结交恶友，违背良师，如何不时时陷于这种处境呢？

从倏和忽的角度来说，它们还以为自己是在报恩呢！为什么会这样呢？好心却做了坏事，现在有多少人不是这样啊！为什么会分辨不清呢，同样是没有智慧的缘故。只用自己狭隘的价值判断去衡量别人，而不能从别人的角度，或者客观的角度来思考，同样是有局限的。我们应该选择用正确的方法来帮助朋友，而不是一厢情愿，一味蛮干。

象罔寻玄珠

刘　勤　付雨桁　撰
安艳月　绘

【原典】

○（战国）庄周《庄子·天地》："黄帝游乎赤水之北，登乎昆仑之丘而南望，还归，遗其玄珠。使知索之而不得，使离朱索之而不得，使喫诟索之而不得也。乃使象罔，象罔得之。黄帝曰：'异哉！象罔乃可以得之乎！'"

○（唐）李白《金门答苏秀才》："玄珠寄象罔，赤水非寥廓。"

○（唐）张籍《罔象得玄珠》："赤水今何处，遗珠已渺然。离娄徒肆目，罔象乃通玄。皎洁因成性，圆明不在泉。暗中看夜色，尘外照晴田。无胫真难掬，怀疑实易迁。今朝搜择得，应免媚晴川。"

○（宋）郭印《送宗泰往成都正法院四首（其一）》："少城衲子纷如粟，攘臂丛林空逐逐。忽然象罔得遗珠，契诟离娄何面目。"

○（明）车任远《蕉鹿梦》："木石同居不计年，蹑虚长自过岩前。须知象罔无他术，拾得玄珠赤水边。"

【今绎】

一

黄帝①的玄珠丢了。
玄珠又黑又亮,散发着迷人的香气。
黄帝命令一个叫智②的天神去寻找,
智是大家公认的最聪明的天神,
天上地下就没有他不知道的事儿。

二

智听说玄珠是在赤水③边丢的,心里直犯嘀咕:
"赤水那么宽、那么深,要找一颗小珠子,多么难哪!"
但他并未表露出来,反而欣然接受了任务。

---

① 黄帝:古帝名。传说是中原各族的共同祖先。少典之子,居轩辕之丘,故号轩辕氏。以土德王,土色黄,故曰黄帝。
② 智:人名,原典作"知"。文中智是个表面上看起来有智慧的人。
③ 赤水:古代神话传说中的水名。

黄帝的玄珠丢了。

玄珠又黑又亮,散发着迷人的香气。

三

智驾云到了赤水边。
他发现赤水边一个人都没有,
便贼贼一笑,轻轻一吹:
一棵枝繁叶茂的大树便出现在了他眼前。
他倚靠着树干,托着腮帮子打起盹儿来,
"反正大家也不知道我在哪里!"
智自以为他的小伎俩可以瞒天过海。

四

树叶绿了黄,黄了落。
智睡醒了。他揉揉眼睛,回宫复命。
黄帝看到智无功而返,正要发怒,
智却像小孩子一样,委屈地用手背去揩脸上的泪水。
黄帝便又派离朱①去寻找。

---

① 离朱:古代传说中视力特别强的人,亦作"离娄"。

他倚靠着树干,托着腮帮子打起盹儿来,
"反正大家也不知道我在哪里!"

五

离朱长了三个脑袋、六只眼睛,
原本在昆仑山上看守琅玕①树。
领命后,他暗自欣喜:
"表现的时候到了!
我百里之外,连动物的毫毛都看得一清二楚,
更何况一颗珠子?"
他踏着琅玕树叶到了赤水边。

六

离朱伸长脑袋,铜铃般的大眼睛眨也不眨,
沿着赤水岸寻找了三天三夜。
他忽而升起,忽而落下,
却没有发现蛛丝马迹。
突然眼睛一黑,他失去了知觉。

---

① 琅玕:传说和神话中的仙树,其果实似宝珠。《山海经·海内西经》:"服常树,其上有三头人,伺琅玕树。"

离朱伸长脑袋,铜铃般的大眼睛眨也不眨,沿着赤水岸寻找了三天三夜。

七

离朱累倒了,被抬到黄帝面前。

黄帝仰望着淡淡的阳光,轻声叹气,

又派喫诟①去寻找。

喫诟是天界最霸道的天神。

他把赤水的河神、土地神敲出来,质问他们是谁偷了玄珠。

大家都不知道。

喫诟跳脚吼道:"不交出玄珠,统统不准走!"

可怜的小神们吓得直哆嗦:"大神,我们连见都没见过,哪里还敢偷?"

喫诟仍然无功而返。

八

这时有大臣建议:"何不派象罔②去试试?"

"他?"黄帝露出不信任的表情,

---

① 喫诟(chī gòu):古代传说中的大力士。成玄英疏云:"喫诟,言辩也。"可见,喫诟善辩。

② 象罔:亦作"罔象""象网",本指一种水怪。在《庄子》寓言中指达到了无为而为境界的一个人物,象征一种无成见、非有非无、虚实相和的自然和谐状态。

喫诟跳脚吼道:"不交出玄珠,统统不准走!"

可怜的小神们吓得直哆嗦:"大神,我们连见都没见过,哪里还敢偷?"

"他整天糊里糊涂,笨手笨脚的……"
然而,又没有合适的人选,
黄帝思索再三,只能同意了。

九

象罔悠然自适地来到赤水边。
他不慌不忙,边走边瞧:
看不清楚的,他就俯身刨一刨;
弄不明白的,他就找各路小神问一问;
快乐的喜鹊,在他头上转来转去,
唱出好听的歌曲。

十

这天,象罔同往日一样,沿着河岸寻找。
他看见不远处有一棵树,树上挂着累累红果。
那果子大得呀,都快把树枝给压折了。
"我正有点儿渴了呢!"
象罔很欢喜地跑过去,伸手去抓,

一不留神,他被绊了一跤,撞上树干。

果子纷纷落了下来,滚向低洼处。

象罔俯身捡了一个,揩了揩,咬了一口:"嘿,真甜!"

他准备装几个留在路上吃,便俯身又去捡,

一个,两个,三个,四个……

咦? 等等——

果子堆里怎么有一颗又黑又亮的圆珠呢?

哎呀! 这不就是黄帝的玄珠吗!

他准备装几个留在路上吃,便俯身又去捡,一个,两个,三个,四个……

咦?等等——

果子堆里怎么有一颗又黑又亮的圆珠呢?

哎呀!这不就是黄帝的玄珠吗!

【衍说】

庄子是先秦道家学派继老子之后影响后世最大的人物，其浪漫主义巨著《庄子》一书，汪洋恣肆，文学性为先秦诸子之冠。成书时代，周朝名存实亡，战乱频仍，社会动荡，民不聊生。《庄子》一书乃是对特定时代的反映与思考，它对宇宙的深刻认识、对人天关系的体悟、对人类本性的揭示，都有着重大意义。

《庄子》一书"寓言十九"，尤喜以"珠"作喻。窃以为，其中论述最深刻，并对后世影响最大的，莫过于"黄帝赤水遗玄珠"的故事。

故事中，智、离朱、喫诟分别代表了欲知、欲见、欲言，但不管他们如何努力，总是求而无得。而象罔，则是去知、去见、去言，不求反得。象，似有而非有也；罔，似无而非无也。去智而迷者灵，去见而碍者彻，去言而缚者解，三者既去，则复归于无知、无见、无言的状态，入于"虚静"，这也正是象罔得到玄珠的真正原因。

对于象罔，有人认为其消极避世，也有人赞叹其博大精深，这篇改编后的《象罔寻玄珠》显然是赞同后者的。

智的聪明是小聪明，不是大智慧。他自以为聪明，就不老老实实做事，欺上瞒下。在我们的生活中也是这样，常常自以为聪明的人不会踏踏实实做事，总是爱耍小聪明，爱玩儿小伎俩，最后终究会被识破，也自然不能获得成功。

离朱视力很好，有这样的有利条件，却使蛮劲儿，不讲究方法，以致于拼尽全力，累倒了，却无功而返。这说明，做事情不仅要目标明确，更要讲究方式方法。

至于喫诟，首先，他心浮气躁，为人霸道，居高临下。他本想得到小神们的协助，如果耐心询问，说不定会找出一些线索。但面对他这样好强霸道、趾高气扬的"大神"，众人除了战战兢兢、缄默不语外，还能怎样呢？这说明与人合作时，应考虑对方的心理，好好沟通，不欺人，不压人，这样才能增强合作力和凝聚力。其次，喫诟一来就想捡现成，急于求成，希望通过别人之手找到玄珠，而缺乏身体力行，这也不是实事求是的态度。

象罔为什么会成功呢？他表面上看起来"糊里糊涂，笨手笨脚"，以致黄帝对他的能力表示怀疑。但后来他的表现说明他为人低调，大智若愚。象罔做事踏踏实实，一丝不苟，不忘初心，"他不慌不忙，边走边瞧：看不清楚的，他就俯身刨一刨；弄不明白的，他就找各路小神问一问"，既身体力行、坚持不懈，又虚心求教，这样，成功就是水到渠成的事。

我们每个人，可能更多不是像智和离朱那样拥有"特异功能"，而是平平凡凡，但只要有一颗不断追求的心，再加上踏踏实实、持之以恒的步伐，就会实现自己的梦想。

孤独的旱魃

刘勤 严焱 撰
王舒啸 绘

【原典】

○（先秦）佚名《山海经·大荒北经》："有系昆之山者,有共工之台,射者不敢北乡。有人衣青衣,名曰黄帝女魃。蚩尤作兵伐黄帝,黄帝乃令应龙攻之冀州之野。应龙畜水,蚩尤请风伯雨师,纵大风雨。黄帝乃下天女曰魃,雨止,遂杀蚩尤。魃不得复上,所居不雨。叔均言之帝,后置之赤水之北。叔均乃为田祖。魃时亡之,所欲逐之者,令曰:'神北行!'先除水道,决通沟渎。"

○（先秦）佚名《诗经·大雅·云汉》："旱既太甚,涤涤山川。旱魃为虐,如惔如焚。"孔颖达疏引《神异经》："南方有人,长二三尺,袒身而目在顶上,走行如风,名曰魃。所见之国大旱,赤地千里。一名旱母,一名貉。遇者得之,投溷中即死,旱灾消。"

○（东汉）许慎《说文解字》："魃,旱鬼也。"

○（清）袁枚《子不语·旱魃》："或曰:'此旱魃也。猱形披发一足行者,为兽魃;缢死尸僵出迷人者,为鬼魃。获而焚之,足以致雨。'乃奏明启棺,果一女僵尸,貌如生,遍体生白毛。焚之,次日大雨。"

○（清）袁枚《续子不语·犼》："或曰:尸初变旱魃,再变即为犼。"

○（清）纪昀《阅微草堂笔记·卷七》："旱魃为虐,见《云汉》之诗，是事出经典矣。《山海经》实以女魃，似因诗语而附会。然据其所言，特一妖神焉耳。近世所云旱魃则皆僵尸，掘而焚之，亦往往致雨。夫雨为天地之欣合，一僵尸之气焰，竟能弥塞乾坤，使隔绝不通乎？雨亦有龙所做者，一僵尸之伎俩竟能驱逐神物，使畏避之前乎？是何说以解之。"

【今绎】

一

魃①是黄帝的女儿。
她身材矮小,是个秃子,
眼睛长在头顶上,眼眶深陷下去,
这形象确实不怎么好看。
她小时候就像个火球,靠近她的人立刻会汗流浃背。
她声音洪亮,比成年人的声音还要大。

二

小伙伴们觉得她怪异可怕,不喜欢和她玩耍。
她也很自卑,不敢在人前走动,
常常一个人躲在昆仑山高高的稻树后面,
眼巴巴地偷看兄弟姊妹们和别的孩子玩耍。

---

① 魃(bá):神怪名,中国古代神话传说中引起旱灾的怪物。她是皇帝的女儿,天生拥有与日俱增的热量,所到之处旱灾连连。

她也很自卑,不敢在人前走动,
常常一个人躲在昆仑山高高的稻树后面,
眼巴巴地偷看兄弟姊妹们和别的孩子玩耍。

三

父亲总是很忙,几乎没有时间和她说话;
母亲很爱她,常常忍着被炙烤的疼痛拥抱她,安慰她:
"乖女儿,你是独一无二的,我们永远爱你。
天地之间,总有你的用武之地。"
母亲说这话的时候,眼里噙满了泪水。
魃伸手去擦母亲的泪水,泪水触手却慢慢变成了蒸汽。
她好想嗅着母亲的清香,在她怀里多待一会儿,可又怕灼伤母亲。
偶尔短短的拥抱,滋润了魃幼小的心灵,
成为她记忆中最美好的时光。

四

魃一天天长大,神力也一天天恐怖起来:
她的热量与日俱增,谁靠近她就会被烤成焦炭;
她的腿不长,却跑得比风还快;
她一张嘴说话,声音便能够穿透云层;
她大喊一声,整个昆仑山都会颤抖。

母亲常常忍着被炙烤的疼痛拥抱她,安慰她:
"乖女儿,你是独一无二的,我们永远爱你。
天地之间,总有你的用武之地。"

五

百忙之中,父亲特意为她打造了石屋,让她单独居住;
母亲冒着生命危险,从火焰山捕来青鼠①,
剪下鼠毛给她缝制了一件不惧火烧的青衣。
青衣凉凉的、柔柔的、滑滑的,
散发着阵阵清香,
舒适得像母亲的怀抱。

六

当时,黄帝和蚩尤正在打仗,
勇士应龙②善于水攻,奉命挂帅。
只见他展开双翼,腾空而起,张嘴一吼!
瞬间,大雨滂沱。
蚩尤措手不及,营地被淹,节节败退,
赶忙请来风伯、雨师帮忙:
风伯吹风,雨师泼雨,

---

① 青鼠:即灰鼠,古代叫作"鼮",它的毛皮十分珍贵。
② 应龙:神龙的一种,是中国古代神话传说中有翅膀的龙。它善于兴云作雨。

风伯吹风,雨师泼雨,
人间顿时天昏地暗,洪水滔天。

人间顿时天昏地暗,洪水滔天。

七

"这下,老百姓可遭了殃!"黄帝忧心忡忡。

战神玄女献策:"魃天赋异禀,善于吸水法术,可以让她试试!"

黄帝心中没底儿:

"我这女儿性格孤僻,不知道她是不是愿意。"

八

接到命令,魃心里直打鼓,不知所措。

她眼前浮现出大人们的嫌弃,小伙伴们的疏离。

她内心痛苦、纠结:"去,还是不去?"

环顾四周,父亲建的石屋舒爽清凉;

摸摸身上,母亲缝的青衣丝滑细腻。

魃的心中升起一股暖流。

"可是……我能行吗?"她犹豫不决,反复问自己。

她仿佛看见小伙伴们的嘲笑。

她摇了摇头:"不行,我不行。"

这时,隐约中,远处传来母亲的声音:

"乖女儿,天地之间,总有你的用武之地!"

九

魃鼓足勇气,决定参战。

她很快奔赴战场,

风渐渐缓了,雨渐渐停了。

只见她青衣猎猎,迎风飞舞,

毫不犹豫地纵身跳入漫天洪水中。

没过多久,

滔天洪水便蒸腾为袅袅青烟;

狂风暴雨消逝得无影无踪,

蓝汪汪的天空出现了一轮红日。

魃大喝一声,地动山摇,

风伯、雨师大惊失色,

蚩尤兄弟和妖魔鬼怪们也闻风丧胆,落荒而逃。

只见她青衣猎猎,迎风飞舞,
毫不犹豫地纵身跳入漫天洪水中。

十

黄帝取得了战争的胜利,但是魃因为体能耗尽,
再也不能飞升昆仑山,不得已只能坠落到人间。
因为像个火球,她走过的地方,土地赤红,干涸龟裂,寸草不生。
人们很讨厌魃,无论她走到哪里,都会被驱赶。
魃东躲西藏,无家可归,
只好孤零零地四处游荡。 陪伴她的,只有那身半旧的青衣。
在无人的深夜,她常常噙着眼泪,痴痴地向昆仑山的方向凝望。
"天地之大,哪里才是我的家啊?"
青衣已旧,思念渐老。

黄帝取得了战争的胜利,但是魃因为体能耗尽,再也不能飞升昆仑山,不得已只能坠落到人间。

【衍说】

涿鹿之战是中国上古传说中的一场意义重大的战事,于此,范文澜、徐旭生等皆有论说。凭借这次胜利,黄帝最终击败蚩尤,真正入主中原,奠定了华夏族发展的坚实根基。在《龙鱼河图》《世本》《管子》等书中,都曾记载蚩尤部落的强大,黄帝与其多次作战而未取胜。在这次涿鹿之战中,旱魃的出现才成为扭转战争格局的关键,这就反衬出旱魃的威力。

旱魃,显然是自然干旱的拟人化产物,是古人"万物有灵"观念和祈福避祸心态的反映。然而,任何观念都是有现实生活依据的。《山海经·大荒北经》所载之神话背后,言说的是彼时不同部落集团的地理位置以及面临干旱的不同遭遇。长期生活在西北高原和山地的黄帝部落,显然比分布于黄河下游和淮河流域的蚩尤部落,更能适应干旱。

改编后的《孤独的旱魃》,可以看作一篇亲子阅读的典范之作。

天生我材必有用,每个人都有自己的用武之地,所以应该努力发现、发挥自己的优点,为社会做贡献。有时不必太过在意他人批评的、不解的眼光。从小被大家嫌弃的魃,却在黄帝和蚩尤的大战中,扭转了战争胜负,立下了汗马功劳。同样,我们在待人接物时,切不可以貌取人,流于肤浅。要笃信"三人行，必有我师"的古训，虚心向他人请教。

对父母来说，要在遵循法律和道德的前提下包容孩子的缺陷，鼓励他们爱惜自己，热爱生活，给他们营造良好的成长氛围。在鼓励和关爱中成长起来的孩子，他们的内心也一定是温暖而充盈的，他们也通常会用爱来回报家人和社会。"乖女儿，天地之间，总有你的用武之地！"母亲的这句话正是魃内心永葆善良和屡屡克服困难的一剂良药！

无疑，魃的结局是悲惨的，也是注定的。她是那样的令人同情，她可爱而可怜，可敬而可怕，让人不胜唏嘘。这种独特的悲剧性人物形象，对于培养青少年儿童宝贵的同情心和善良的心灵，我想也是大有裨益的吧！

嫘祖始蚕桑

刘勤 杨陈 撰
王舒啸 绘

【原典】

○(先秦)佚名《山海经·海内经》:"黄帝妻雷祖,生昌意。"

○(西汉)司马迁《史记·五帝本纪》:"黄帝居轩辕之丘,而娶于西陵之女,是为嫘祖。嫘祖为黄帝正妃,生二子,其后皆有天下……"

○(南朝梁)沈约《宋书·礼志》注引(东汉)崔寔《四民月令》:"祖,道神也。黄帝之妃曰累祖,好远游,死道路,故祀为道神,以求道路之福。"

○(南宋)罗泌《路史·后纪五》:"黄帝之妃西陵氏曰嫘祖,以其始蚕,故又祀为先蚕。"

○(元)陈桱《通鉴续编》:"西陵氏之女嫘祖为帝元妃,始教民育蚕,治丝茧以供衣服,而天下无皴瘃之患,后世祀为先蚕。"

○(明)徐光启《农政全书》引(元)王祯《王氏农书·蚕缫篇》:"淮南王《蚕经》云:'黄帝元妃西陵氏,始蚕。'盖黄帝制作衣裳因此始也。"

【今绎】

一

三月初,桑树开始抽枝散叶,
绿油油的,一片又一片。
野蚕趴在沾满露珠的桑叶上,
蠕动着纤细的身体。
桑林中,突然闪出一个小姑娘。
她披着兽皮缝制的上衣,围着藤蔓①和野麻编成的短裙,
正哼着小曲儿,踮起脚尖,伸长手臂,采摘嫩桑叶。

二

小姑娘虽然身材矮小、体形瘦弱,
但她是个勤劳聪慧的女孩儿。

---

① 藤蔓:藤本植物,根生于土壤中的一种易弯或柔软的木本或草本的攀缘植物。茎细长,不能直立,具有凭借自身的作用或特殊结构攀附他物向上伸展的攀缘习性,如果没有他物可攀附时,则匍匐或垂吊生长。

桑林中,突然闪出一个小姑娘。
她披着兽皮缝制的上衣,围着藤蔓和野麻编成的短裙,正哼着小曲儿,踮起脚尖,伸长手臂,采摘嫩桑叶。

她灵巧的双手,因长年劳作磨出了厚厚的茧子。

白皙的皮肤,也因此变得黝黑。

她就是西陵氏①的女儿嫘祖②。

三

那时候,人们还只能围着粗糙的兽皮。

冬季,寒风刺骨,雨雪霏霏③,手脚皲裂;

夏季,烈日烘烤,闷热眩晕,蚊蝇叮咬。

人们的皮肤不堪重负,逐渐长满一个个恶疮,然后溃烂、感染。

还有很多人因此而死亡。

---

① 西陵氏:远古传说中与黄帝族联姻的氏族部落名,位于黄帝族所处西面不远的高丘大陵地带。此处以氏族名代指人名。

② 嫘祖(léi zǔ):西陵氏之女,轩辕黄帝的正妃,也写作"雷祖""累祖"和"傫祖"。传说她是我国最早种桑养蚕、缫丝制衣的人,是蚕桑文化和丝绸文明的发明创造者,泽被后世。因此,后世奉她为先蚕(蚕神)。

③ 雨雪霏霏:形容雨雪交加,大雪纷纷满天飞的样子。语出《诗经·小雅·采薇》:"昔我往矣,杨柳依依;今我来思,雨雪霏霏。"

四

这天,嫘祖像往常一样,
又挎着篮子,去林间采摘桑叶。
与往常不同的是,她看见许多淡黄色的"小果子"。
一阵微风拂来,"小果子"随风摇摆。
"咦? 这是什么呀?"嫘祖好奇地凑了上去,
原来"小果子"是野蚕的茧。
她好奇地用手摸了摸蚕丝,
丝细细的、滑滑的、柔柔的,但很有韧性。
嫘祖看得入了神。

五

这时,一只花蜘蛛从头上的桑枝间垂了下来,
落在嫘祖的眼前。
蜘蛛正趁着春光明媚,沿着桑枝慢慢结网。
蛛丝有的横着,有的竖着,纵横交叉,像极了精密的地图。
嫘祖灵光乍现①:

---

① 灵光乍现:指突然有了灵感。这里指嫘祖看到蜘蛛织网,突然有了用蚕丝编织成网,做成衣服的灵感。

她好奇地用手摸了摸蚕丝,
丝细细的、滑滑的、柔柔的,但很有韧性。
嫘祖看得入了神。

"野蚕丝是不是也能抽剥出来,编织成网,做成衣服呢?"
伴着这样的梦想,她渐渐长大了。

六

嫘祖收集了一篮子蚕茧回家。
她用骨针挑,用石刀切,用大火烤……
试了很多种方法,都无法完整地把蚕丝抽剥出来。
但嫘祖并不灰心,继续寻找别的方法。
有一天,她无意间用水煮蚕茧,边煮边用竹棍搅拌,
发现蚕茧逐渐变得松软,有的还露出了一小截丝头。
嫘祖一手拿蚕茧,一手扯丝线,竟将蚕丝都抽了出来。

七

为了获得更多蚕丝,
嫘祖带了很多野蚕回家,并精心照顾它们。
娇嫩的野蚕不适应新的环境,没过几天就死了。
嫘祖非常伤心,却并不气馁。
她继续努力,总结经验教训,终于掌握了养蚕的一些技巧:

她每天都采摘新鲜的桑叶喂养野蚕,
定时观察野蚕的生长情况,
及时为它们清理粪便……

八

随后,嫘祖养的蚕越来越多,茧也越结越多。
嫘祖煮茧抽丝,将蚕丝纺织成布匹。
这蚕丝布匹柔软、细腻,还散发着迷人的光泽呢!
然后嫘祖用骨针将布匹缝制成衣服。
这样既能遮盖皮肤,又非常透气、舒适、美观。
这真是一个伟大的发明!
族人们知道后,纷纷向嫘祖请教,
嫘祖也毫无保留,耐心地给大家讲解、示范。

九

嫘祖的名声传到了黄帝耳中,
黄帝十分钦佩嫘祖的勤劳和聪慧,便娶她为妻。
为了让更多的百姓穿上这样的衣服,

族人们知道后,纷纷向嫘祖请教,嫘祖也毫无保留,耐心地给大家讲解、示范。

黄帝让嫘祖教百姓养蚕、剥茧抽丝、做衣服。
没多久,皮肤皲裂、恶疮溃烂的情况就减少了。
人们再也不怕冬天的严寒和夏天的蚊虫了。

十

后来,黄帝创"上衣下裙"的礼制教化百姓。
人们丰衣足食,安居乐业。
蚕丝制衣的技术也代代流传。
为了纪念嫘祖,
人们将她奉为"先蚕"①,年年祭祀。
所谓"先蚕",其实就是"最早的养蚕人"的意思。

---

① 先蚕:传说中最早教民养蚕的神灵。传说她是黄帝轩辕氏的第一个妻子,被称为"元妃",即本文之嫘祖。"先蚕礼"是中国古代由皇后主持的最高国家祀典,每年春季(阴历三月)的吉日,由皇后亲祭或遣人祭祀。

为了纪念嫘祖,
人们将她奉为"先蚕",年年祭祀。
所谓"先蚕",其实就是"最早的养蚕人"的意思。

【衍说】

嫘祖,也写作雷祖、傫祖或累祖。《山海经·海内经》说嫘祖是黄帝的妻子:"黄帝妻雷祖。"《史记·五帝本纪》称嫘祖是西陵氏之女,被轩辕黄帝娶为正妃:"黄帝居轩辕之丘,而娶于西陵之女,是为嫘祖。嫘祖为黄帝正妃……"《路史》和《通鉴续编》更说嫘祖是我国蚕桑丝绸的始创者,历朝历代都将她奉为先蚕祭祀。《通鉴续编》云:"西陵氏之女嫘祖为帝元妃,始教民育蚕,治丝茧以供衣服,而天下无皴瘃之患,后世祀为先蚕。"

嫘祖出生于西陵氏部落,但史籍对西陵部落的活动区域并没有明文记载。因此,嫘祖的故里自然也成了千古之谜,而探寻嫘祖的故里相应的也成了学术界关注和争论的焦点。关于西陵氏部落的地理位置和嫘祖故里的认定有十余种观点:河南的开封、荥阳、西平;湖北的宜昌、远安、黄冈、浠水;四川的盐亭、茂县、乐山;山西的夏县;山东的费县以及浙江的杭州等。其中,嫘祖故里为四川盐亭和河南西平这两种说法影响最大。

至于黄帝与嫘祖的婚姻,有学者认为,这是用神话的语言在叙述以畜牧为主的部落和以养蚕缫丝为主的部落的和亲,是中原文化与蜀文化融合的产物。嫘祖将蜀地的养蚕缫丝技术带到了中原,让黄帝部落逐渐强大了起来。这不是一场单纯的婚姻，而是政治、文化上的联姻。

　　改编后的故事极具人情美。毫无疑问，故事中最闪光的形象是嫘祖，她是真、善、美的化身。嫘祖心思敏捷、观察细腻，能发现别人不能发现的东西；她专气致柔、坚持不懈，能解决别人解决不了的难题。须知，我们要做成每件事情都不是轻而易举的，更不用说是人类发展进程中伟大的发明创造了！我们要做的，就是像嫘祖那样，踏踏实实、勤勤恳恳，心中不仅有小我，还应有他人，有家国，这样我们才能走得更远。

　　中国自古以来就有"善即美"的观念。善，就是我们常说的内在美、道德美。也就是说，一个人最关键的不是外在美，而是内在的道德美。嫘祖身材矮小、其貌不扬、皮肤黝黑，但她勤劳、善良的品质却深深地打动了黄帝，打动了我们。那磨满厚茧的双手和晒得黝黑的皮肤，是劳动留下的印记。在学会了抽丝、养蚕、织衣后，嫘祖将这些技巧毫无保留地教给了族人。她心地善良、勤劳聪慧、心系他人、胸怀天下，终于声名远扬。

　　这个故事还以神话的方式生动诠释了中国男耕女织的生产方式。在漫长的社会分工的形成和固化中，以农为本、男耕女织、男主外女主内逐渐定形。人类学的经验告诉我们，最初男人也采桑，也养蚕，但后来逐渐就成了女性的职业，女性的分内之事。

嫘祖始蚕桑

风后巧指南

刘勤 杨陈 撰
王舒啸 绘

【原典】

○（西汉）司马迁《史记·五帝本纪》："（黄帝）举风后、力牧、常先、大鸿以治民。"唐张守节《史记正义》引西晋皇甫谧《帝王世纪》："黄帝梦大风吹天下之尘垢皆去，又梦人执千钧之弩，驱羊万群。帝寤而叹曰：'风为号令，执政者也。垢去土，后在也。天下岂有姓风名后者哉？……'于是依二占而求之，得风后于海隅，登以为相。"

○（西汉）司马迁《史记·孝武本纪》："黄帝时虽封泰山，然风后、封钜、岐伯令黄帝封东泰山，禅凡山合符，然后不死焉。"

○（唐）徐坚《初学记》："黄帝时，风后为侍中。周时号常伯。"

○（宋）张君房《云笈七签》："（黄帝）得风后于海隅，得力牧于大泽。即举风后以理民，初为侍中，后登为相。"

○（北宋）李昉《太平御览》引《志林》："黄帝与蚩尤战于涿鹿之野，蚩尤作大雾，弥三日，军人皆惑。黄帝乃令风后法斗机，作指南车以别四方，遂擒蚩尤。"

【今绎】

一

在黄帝时期,有个老顽童叫风后。
他是伏羲①的儿子,少典②的哥哥,
居住在草木茂盛、生灵众多的海隅③。
他精通太极和八卦,很有智慧,声名远扬。
而这个时候,黄帝正在四处寻访贤臣。

---

① 伏羲:我国古代神话传说中的三皇之一,也是福佑社稷的正神,常与女娲并提。伏羲乃风姓,是燧人氏的儿子,常被称为"伏戏""皇羲""宓牺""包牺""庖牺""宓羲"。伏羲在后世与太昊、青帝等神合并,因此也被称作"太昊伏羲氏""青帝太昊伏羲"。伏羲人首蛇身,与女娲生儿育女(据传,风后就是伏羲女娲的长子)。此外,他根据天地万物的变化,创造了八卦,卜问吉凶;他结绳为网,教会人们渔猎;他发明了瑟,创作了曲子,教化百姓。
② 少典:既是古人名,又是部落名。《史记》称少典是黄帝的父亲。《国语》也说少典娶有蟜氏,生炎帝和黄帝。
③ 海隅:古大泽名,是古代十大湖泊之一,位于僻远的海边。《尔雅·释地》曰:"齐有海隅。"

二

有一天晚上,黄帝做了个非常怪异的梦:
一场飓风吹来,灰尘和污垢漫天飞舞,
然后慢慢散去,最后消失得无影无踪。
醒来后,这个梦还在他脑海里盘旋,他想:
"能够以风为号令,想必是个能掌管国家政事的人才呀!
'垢'去掉左边的'土',正好是个'后'字,
难道,天下有个姓风名后的贤人?"
于是,黄帝日思夜想,求贤若渴,到处明察暗访,
最后,终于在海隅找到了风后。

三

只见风后正弓着身子,像一只虾一样,
有条不紊地整理着自己的渔网,
银色的长胡须一直垂到网里。
过了一会儿,他的胡须竟然钓起来一条鱼儿,
但是他却不紧不慢地将鱼儿扔回海里。
接着,他又用胡须钓起鱼儿,又扑通一声扔回海里……
默默在旁观察的黄帝,看得简直入了神,

有一天晚上,黄帝做了个非常怪异的梦:一场飓风吹来,灰尘和污垢漫天飞舞,然后慢慢散去,最后消失得无影无踪。

过了一会儿,他的胡须竟然钓起来一条鱼儿,但是他却不紧不慢地将鱼儿扔回海里。

他捋着胡须,啧啧赞叹:"风后果然名不虚传!"
便恭敬地拜他为相。

四

这一年,蚩尤部落为了争夺肥沃的土地,
与黄帝部族在涿鹿①进行了一场大战。
蚩尤诡计多端,唤出山妖鬼魅②,放出了弥天黑雾。
黑雾越来越浓,伸手不见五指。
士兵们被死死困在迷雾中,分不清东南西北,
跌跌撞撞,四处碰壁;
死的死、伤的伤……

五

黄帝见伤亡惨重,立即召见大臣商讨对策。

---

① 涿鹿:古地名,一说故城在今天的河北省张家口市涿鹿县一带,一说故城在今天的江苏徐州一带。传说黄帝部族联合炎帝部族,与来自东方的蚩尤部族在涿鹿进行了一场大战。

② 鬼魅:通常,人们将人死后的灵魂叫鬼,将外貌、长得好看,讨人喜欢的鬼叫魅。这里泛指一切鬼怪。

所有大臣都到了,唯独风后不见了踪影。
黄帝担心风后的安危,派士兵四处寻找。
找了好久,最后终于在一辆战车上发现了他。
他一会儿挽起袖子,埋头捣鼓战车构造,
一会儿皱着眉头,冥思苦想。

六

天渐渐黑了,
可是没想出对策的风后,不愿离开战车去面见黄帝。
黄帝也并不生气,他感觉到风后一定是发现什么了,
便亲自前往探看、询问。
这时,风后捣鼓完战车,正抬起低垂的脑袋,仰望夜空。
他一边捋着他的长胡须,一边喃喃自语。
黄帝顺着他的视线望去,
只见天上安静地挂着一把"勺子",
正对着他们眨眼睛呢!

黄帝顺着他的视线望去,
只见天上安静地挂着一把"勺子",
正对着他们眨眼睛呢!

七

风后将胡须甩向脑后,顿时恍然大悟:
"北斗七星的五颗大星,永恒地朝着一个方向运动,
'天枢①'和'瑶光②'这两颗星,却向着相反的方向运动。
我们为什么不效仿它们,制造出一种会指认方向的战车呢?
这样,就算黑雾铺天盖地,也不怕迷失方向了。"
黄帝也很欣喜,命令风后赶快进行研究、制作。

八

风后选了块儿木头,将它削成人形,
让他的手臂直指前方——南方。
之后,他又挑了一根小木棍,在地上比画,
计算各个车轮、齿轮的大小和转动的次数……
想利用传动系统和离合装置来固定方向。
用了整整三天三夜,风后终于造出了直指南方的战车。
这样,不管车子怎么转动,木头人的手臂都指着南方。

---

① 天枢:星名,北斗七星的第一颗星,与天璇、天玑、天权三星共同组成北斗七星的"斗"。

② 瑶光:星名,北斗七星的第七颗星,与玉衡、开阳二星共同组成北斗七星的"柄"。"瑶光"或作"摇光",古代常常用来象征祥瑞。

风后将胡须甩向脑后,顿时恍然大悟。

于是,黄帝给这辆车赐名为"指南车①"。

九

战争中,山妖鬼魅又吐出黑雾。
面目狰狞,浑身充满着挑衅的气息。
但这次有了指南车,
黄帝军队再也不会像无头苍蝇那样到处乱撞。
他们在迷雾中仍然可以清晰地辨认方向,
他们在漫天的黑雾中长驱直入、势不可当、所向披靡。
最终,蚩尤部族战败,山妖鬼魅落荒而逃。

十

年迈体衰的风后,战后不久就因病去世了。
为了纪念他,黄帝亲自为他挑选了一块墓地,
将他葬在了黄河以北的赵村。

---

① 指南车:中国古代利用机械传动系统和离合装置来指明方向的车。车上装一个木头人,靠人力来带动车行走,依靠车内的机械传动系统和离合装置来让木头人指示方向。无论车子如何转动,木人的手始终指向指南车出发时设置的方向。

战争中,山妖鬼魅又吐出黑雾。
面目狰狞,浑身充满着挑衅的气息。

这就是后来的"风后陵"。

黄帝来扫墓时,总是会平地升起一股凉凉的风,

吹动墓旁的松柏,发出"沙沙沙"的声音,

像是风后对黄帝的叮咛,嘱咐他厚爱苍生。

【衍说】

风后是我国上古时代神话传说中黄帝的臣子。一说他是司天文、预测风雨的风伯,即风姓部落的首领;一说他是生于海隅、务农自耕、精于《易》数、明于天道、甘贫隐逸的得道高人。

指南车堪称中国文化瑰宝,是我国古代科技成果的杰出代表。在我国历史上,有关制造指南车的记载颇多。除了本文所载黄帝令风后造指南车于大雾中击败蚩尤的神话传说外,历史上,东汉张衡、三国马钧、刘宋祖冲之、后赵魏猛变及解飞、后秦令狐生等人都造过指南车。再后来,宋代的燕肃及吴德仁也造过指南车。

至于指南车的来源,主要有四种说法:一是黄帝与蚩尤大战之时,蚩尤放出迷雾,黄帝命风后造指南车指认方向;二是"越裳氏"来周朝进贡后迷失了归路,周公造"五乘"指南车为他们引路;三是以《西京杂记》的相关记载为依据,认为指南车出现在西汉;四是三国时马钧创制了指南车。

尽管有如上多种说法,而且上限追溯到了黄帝时期,但最早关于指南车的明确记载却在三国时期。三国时的马钧是第一个成功地制造指南车的人。直到《宋史》,才比较详细地记载了指南车的内部结构。

《风后巧指南》讲述了风后通过细致观察、勤于思索，终于在北斗七星中找到了灵感，研制出了能在弥天大雾中指认南方的战车，最终帮助黄帝赢得了战争胜利的故事。

　　古人善于取法于自然，因为自然界永远是人类创造的不竭动力和源泉。然而，今天的某些人却离自然越来越远，心胸也越来越小。在现实生活中，不管是学习还是工作，我们都要善于从自然中汲取营养和灵感，而不是脱离自然、脱离社会，或者一味待在实验室、伏案书海，做假大空的理论。

　　如果说风后是日行千里的骏马，黄帝就是慧眼识马的伯乐。古往今来，多少贤臣希望遇到黄帝，又有多少明君希望遇到风后啊！明君需要贤臣，贤臣也需要明君。黄帝和风后相遇相知，简直就是明君贤臣的典范。也只有明君贤臣配合得当，才能成就伟业，造福百姓。

玄女授兵符

刘勤 王春宇 撰
安艳月 绘

【原典】

○（西汉）司马迁《史记·五帝本纪》："而蚩尤最为暴，莫能伐。"唐张守节《史记正义》引《龙鱼河图》："黄帝摄政，有蚩尤兄弟八十一人，并兽身人语，铜头铁额，食沙石子，造立兵仗刀戟大弩，威振天下，诛杀无道，不慈仁。万民欲令黄帝行天子事，黄帝以仁义不能禁止蚩尤，乃仰天而叹。天遣玄女下，授黄帝兵信神符，制伏蚩尤，帝因使之主兵，以制八方。"

○（南北朝）庾信《庾开府集·象戏赋》："南行赤水之符，北使玄山之策。"清人倪璠注："玄山，未详，疑即玄女授黄帝九宫战法。《礼记》曰：'左青龙而右白虎。'"

○（南北朝）庾信《庾开府集·黄帝云门舞》："戊己行初历，黄钟始变宫。"清人倪璠注："《月令》曰：'中央土，其日戊己。其帝黄帝，其神后土。'"

○（前蜀）杜光庭《墉城集仙录·九天玄女》："九天玄女者，黄帝之师，圣母元君弟子也。……蚩尤作大雾三日，内外皆迷，风后法斗机作大车，以杓指南，以正四方。帝用忧愤，斋于太山之下，王母遗使披玄狐之衣以符授帝曰：'精思告天，必有太上之应。'居数日，大雾冥冥，昼晦，玄女降焉，乘丹凤，御景云，服九色彩翠之衣，集于帝前，帝再拜受命，玄女曰：'吾以太帝之教，有疑可问也。'帝稽首顿首曰：'蚩尤暴横，毒害蒸黎，四海嗷嗷，莫保性命，欲万战万胜之术，与人除害，可乎？'

玄女即授六甲六壬兵信之符,灵宝五帝策使鬼神之书,制妖通灵五明之印,五阴五阳遁元之式,太一十精四神胜负握机之图,五兵河图策精之诀,复率诸侯,再战蚩尤于冀州。"

○(北宋)李昉《太平御览》引《黄帝玄女战法》:"黄帝与蚩尤九战九不胜,黄帝归于太山,三日三夜雾冥,有一妇人,人首鸟形。黄帝稽首再拜,伏不敢起。妇人曰:'吾玄女也,子欲何问?'黄帝曰:'小子欲万战万胜。'遂得战法焉。"

【今绎】

一

蚩尤①有八十一个兄弟,

他们长着野兽的身体,却会说人话;

他们不分善恶,杀人如麻;

他们擅长制造锋利的刀戟②和精准的弓弩③,

到处侵犯他族。

二

只要一提起蚩尤兄弟,

人们就会害怕得瑟瑟发抖,

---

① 蚩尤:上古时代九黎氏族部落的首领。传说他骁勇善战,是兵器的发明者,有八十一个兄弟,个个都有铜头铁额,十指十趾,本领非凡。黄帝曾与蚩尤在涿鹿进行了一场大战,最终战胜了蚩尤。

② 刀戟:两种古代武器。刀是指用来砍、削、割、切的武器。戟指一种合戈、矛为一体的长柄兵器。

③ 弓弩:弓指射箭或打弹的器械,是抛射兵器中最古老的一种弹射武器,它由富有弹性的弓臂和柔韧的弓弦构成。弩指一种利用机械力量射箭的弓。《说文解字》:"弩,弓有臂者。"

玄女授兵符

于是请求黄帝出兵制服蚩尤。
黄帝用仁义①之言劝说蚩尤,
蚩尤哪里肯听! 并扬言说要踏平天下。
见对方如此蛮不讲理,黄帝只有出兵讨伐。

三

"嗖嗖嗖!"
密密麻麻的利箭射向黄帝的阵营。
山妖鬼魅冲在前面,手执大刀与黄帝军队厮杀。
铜头铁额的蚩尤兄弟紧跟在后,
把广阔无垠的战场当作餐桌,
把四散飞扬的沙砾尘土当作开胃小菜,
把黄帝军队投来的石块当作美味正餐……

---

① 仁义:一指宽厚正直。《韩非子·五蠹》:"故文王行仁义而王天下。"一指性情温顺,通达事理。仁义是儒家的重要伦理范畴,其本意为仁爱与正义。宋代以后,由于理学家的阐发和推崇,"仁义"成为传统道德的别名,而且常与"道德"并称为"仁义道德",而"仁、义、礼、智、信"又合称为"五常"。

四

一天,趁着昏暗的夜色,
蚩尤派人偷袭,并到处布满陷阱。
黄帝军队猝不及防,
他连忙变换阵法,发起反击。
可是敌人蓄谋已久,来势汹汹,
眼看军队节节败退,
束手无策的黄帝,仰天长叹:
"难道上天不会帮助仁义之师吗?"

五

第四天清晨,
北方的天空传来阵阵战鼓声,
这声音越来越近,越来越近,
突然,"噼里啪啦",一个晴天霹雳,
一束金光冲破晨雾照亮了大地,
一位身穿战袍的女神从天而降:
她扇动着寒光熠熠的黑色大翅,
手执代表正义的权杖,

神色俨然,威风凛凛。

六

女神对黄帝说:

"我是战神玄女,特奉天命传你兵符①,赐你法器②,助你讨伐蚩尤!"

黄帝惊喜交加,感叹:"百姓有救了!"

他恭敬地拜玄女为师。

玄女还交给黄帝一封帛书——九宫战法③!

黄帝军队士气大振,

他们个个儿信心满满地擦拭着兵器,

准备重整旗鼓,给蚩尤来个痛快的反击。

七

蚩尤听说此事,大吃一惊,

---

① 兵符:古代传达命令或调兵遣将所用的凭证。
② 法器:指佛教、道教举行宗教仪式时使用的器物,俗信有一定法力。
③ 九宫战法:是玄女传给黄帝的神秘作战方法,带有仙道色彩。

一位身穿战袍的女神从天而降:
她扇动着寒光熠熠的黑色大翅,
手执代表正义的权杖,
神色俨然,威风凛凛。

再次召集他的兄弟们前来。

面对气焰嚣张的蚩尤兄弟，

胸有成竹的黄帝拿出兵符，

兵符的金光射得蚩尤兄弟们睁不开眼睛。

接着黄帝念出了九宫战法口诀：

"前朱雀，后玄武，左青龙，右白虎，中间戊己土——"

"轰！"

一声炸雷平地起！

腾起的沙土如无形的大网困住了蚩尤兄弟，

他们晕头转向，四处碰壁，弄得头破血流；

他们四肢瘫软，东倒西歪，一片鬼哭狼嚎。

八

蚩尤眼见大势不妙，

便召唤来更多的山妖鬼魅，

拿出了他们的撒手锏——幽冥阵[①]！

面对来势汹汹的山妖鬼魅，

黄帝口中反复默念九宫战法口诀，

[①] 幽冥阵：幽冥指地府、阴间。本文中的幽冥阵，即指能召唤出幽冥鬼怪参与作战的邪恶阵法。

面对气焰嚣张的蚩尤兄弟,
胸有成竹的黄帝拿出兵符,
兵符的金光射得蚩尤兄弟们睁不开眼睛。
接着黄帝念出了九宫战法口诀:
"前朱雀,后玄武,左青龙,右白虎,中间戊己土——"

可是这次山妖鬼魅们却毫发无伤,
他们尖叫着、嘲笑着,挥舞大刀,施展邪法。
眼看他们猖獗乱窜,黄帝的兵符和口诀竟起不了作用。

九

黄帝请求玄女再指点。
玄女虽然饱读天书,却也没有见过这种邪恶的阵法。
她苦苦思索着敌人的软肋,几天下来,竟一无所获。
偶然间,她看到硝烟中的军营旁几株桃花正鲜艳开放,
有粉红的,也有深红的,纯洁、可爱。
一只受伤的鸟儿在上面栖足了一下,又飞走了,
洒落到桃花上的鲜血,瞬间被吸入,
但很快桃花又恢复了纯净无瑕,一尘不染。
玄女突然想起曾在天书上看到过的内容,并喃喃自语:
"桃之夭夭,灼灼其华。 污秽妖鬼,闻之丧胆。"
终于,她想到了制服山妖鬼魅的法门——
桃符和神剑!

十

屡屡受挫的黄帝军队士气低落,
黄帝举起桃符和神剑,宣扬正义之战的意义。
士兵们想到被蚩尤兄弟欺凌的亲人和百姓,
胸中又燃起了复仇的熊熊烈焰,
充满了战斗的决心和力量。
黄帝再次率领军队讨伐蚩尤,
左手拿着驱使鬼神的桃符,
右手举着制妖通灵的神剑。
那些小妖小鬼们还未靠近,
便魂飞魄散了。
看似固若金汤的幽冥阵,
不攻自破。

十一

黄帝军队取得了胜利,
士兵们紧紧相拥,举杯畅饮, 载歌载舞,
庆祝这场来之不易的胜利。
原野上一扫往日的阴霾,
七彩祥云竞驰而过,

金色的凤鸟引吭高歌。
和风拂过,吹散了腥风血雨,
家园又恢复了往日的平静祥和。
人们喜极而泣,纷纷拜倒在玄女面前,
感谢她的帮助,
歌颂她的智慧,
赞叹她的神力……

【衍说】

　　玄女，亦称九天女、元女、九天玄女、九天娘娘、九天圣母等，是中国古代神话、道教和民间传说中的女神。《诗经·商颂·玄鸟》记载："天命玄鸟，降而生商。"九天玄女的原型正是此玄鸟，是商王朝的始祖。但玄女形象的定格和流播主要是来源于黄帝战蚩尤的神话传说，此后，她便以"黄帝之师"的身份兼任多种职能，如女战神、仙药神、房中女神、占卜神等。前蜀杜光庭在《墉城集仙录》中专门为其辟章立传，进而被道教吸纳入其女仙系统，九天玄女成为西王母的座下，此后便广泛出现于道教典籍中。从明代开始，九天玄女的形象广泛出现于文学作品尤其是小说中，她端庄、威武、正义、神通，成为传授天符、扶危济厄的不二天女。此篇《玄女授兵符》中的玄女正是这样的形象。

　　值得注意的是，除此之外，这篇故事增设了大量德化内容。

　　黄帝为什么会得到上天的眷顾和玄女的帮助？归根结底是因为黄帝具有"仁德"之心。在黄帝身上，我们一再看到这两个字。他以仁义之言劝说蚩尤，失利时仰天长叹："难道上天不会帮助仁义之师吗？"在得到玄女帮助时，首先想到的不是自身利益得失，而是"百姓有救了"，这些都说明黄帝是有"仁德"之人。因此，故事表面上是玄女用法术和法器赢得了战争胜利,但实际上是正义战胜了邪恶,仁德战胜了残暴。因而整个故事都可看作"邪不压正""天佑有德"的神话式表达。

天佑有德,中国古代教育特别重视"德"的养成。荀子曾提出:"人之性恶,其善者伪也。"人的天性是恶的,善是后来人为的结果。那么怎么达到矫恶而扬善呢?荀子提出的方法有两个,第一个是德化,第二个是法制。"德化"是强调由内而外的自修,哪怕是在无人之处也要"慎独"。"法制"是强调由外而内的规范、奖惩,这显然只是"德化"的辅助性手段。

仓颉造文字

刘 勤 王春宇 撰
安艳月 绘

【原典】

○（西汉）刘安《淮南子·本经训》："昔者仓颉作书而天雨粟，鬼夜哭。"东汉高诱注："苍颉始视鸟迹之文造书契，则诈伪萌生。诈伪萌生，则去本趋末，弃耕作之业，而务锥刀之利。天知其将饿，故为雨粟。"

○（东汉）许慎《说文解字》："黄帝之史仓颉，见鸟兽蹄迒之迹，知分理之可相别异也，初造书契。"

○（唐）张怀瓘《书断·古文》曰："古文者，黄帝史仓颉所造也。颉首有四目通于神明，仰观奎星圆曲之势，俯察龟文鸟迹之象，博采众美，合而为字，是曰古文。"

○（明）张岱《夜航船·六书》："苍颉造字，有六书：一曰象形谓日月之类，象日月之形体也，二曰假借谓令长之类，一字两用也，三曰指事谓上下之类，人在一上为上，人在一下为下，各指其事，以为言也，四曰会意谓武信之类，止戈为武，人言为信，会合人意也，五曰转注谓考老之类，左右相转，以为言也，六曰谐声谓江河之类，以水为形，以工可为声也。"

○（明）凌迪知《万姓统谱·卷五十二》："上古仓颉，南乐吴村人，生而齐圣，有四目，观鸟迹虫文，始制文字，以代结绳之政，乃轩辕黄帝之史官也。"

【今绎】

一

以前还没有文字的时候,
人们用结绳的方式来记事。
张家的母猪下了三只猪崽,
就在一根绳上打三个结来记录。

二

黄帝统一华夏之后,
人口和牲畜渐渐多了起来,
原来的结绳规则就不能满足需要了。
人们又想出用不同颜色的绳子,
或是用大小、形状不同的绳结来表示。
但是时间一长,人们就又记不清楚了。

黄帝统一华夏之后,
人口和牲畜渐渐多了起来,
原来的结绳规则就不能满足需要了。
人们又想出用不同颜色的绳子,
或是用大小、形状不同的绳结来表示。
但是时间一长,人们就又记不清楚了。

三

黄帝心想:"要是有一种既简单又好记的方法就好了!"

于是命令仓颉①想想法子。

仓颉天生双瞳②四目,

什么都瞒不过他的眼睛。

他在洧水③边的高台上,

琢磨了几天几夜。

想破了脑袋,眼睛红肿得像两个桃子。

仍然没有想到合适的办法。

四

有一天清晨,

当仓颉又在发愁的时候,

阴郁的天空突然亮了起来。

一只美丽的凤凰飞来,

---

① 仓颉:仓颉双瞳四目,是古代传说中汉字的创造者,被后世尊为文祖。《史记》据《世本》以为仓颉是黄帝时的史官。

② 瞳:虹膜中央的小孔,光线通过瞳孔进入眼内。通称"瞳子""瞳人""瞳仁"。

③ 洧水(wěi shuǐ):古水名。《诗·郑风·溱洧》:"溱与洧,方涣涣兮。"

向他抛来一片彩色的树叶。

仓颉捡起树叶,

发现上面有一只脚印,他从来没有见过这么奇怪的脚印:

既像熊的,又像牛的;

既像虎的,又像狗的。

"咦,这到底是什么动物的脚印呢?"

五

这时恰好一个猎人路过高台,

仓颉便向他请教。

猎人手捧树叶仔细端详:

"我见过很多动物的脚印,每种都有自己的特点。

这个脚印很特别,它是神兽貔貅①的脚印!"

---

① 貔貅(pí xiū):古代传说中凶猛的瑞兽,雄的叫貔,雌的叫貅。貔貅毛色灰白,外形像虎和熊。《清稗类抄·动物》:"貔貅,形似虎,或曰似熊,毛色灰白,辽东人谓之白罴。雄者曰貔,雌者曰貅,故古人多连举之。"

有一天清晨,
当仓颉又在发愁的时候,
阴郁的天空突然亮了起来。
一只美丽的凤凰飞来,
向他抛来一片彩色的树叶。

六

猎人走远了,

仓颉却陷入了沉思。

突然,他一拍脑袋,惊呼起来:

"对呀!

小雨滴滴云下落,山头尖尖连绵排。

风拂水面层层皱,人生两足步步稳!

世间万物都有自己的特征,

我要是能把它们的特征表示出来,

大家一看就明白了,还怕记不住吗!"

七

仓颉开始观察身边的一切。

他站在原野眺望远方,

当太阳出来的时候,朝霞就送走了月亮;

他兀立山巅俯瞰大地,

有山峰峭拔的地方,就有河流温柔的方向。

他走进森林,仔细观察每一种动物的特点:

嘴巴尖尖的小鸟、满身斑纹的老虎、脸上长角的犀牛……

他站在原野眺望远方,
当太阳出来的时候,朝霞就送走了月亮;
他兀立山巅俯瞰大地,
有山峰峭拔的地方,就有河流温柔的方向。

他还走访了很多部落,
收集他们的图腾徽记。
仓颉把观察到的都记录在龟甲上,
日复一日,年复一年,
仓颉家的龟甲堆满了屋子。
最后他将所得到的资料进行整理归类、比较研究,
终于创造出了新的记事工具——文字!

八

博采众长、以类万物的文字,
具有震慑鬼怪的巨大威力。
文字发出的耀眼光芒,
刺得鬼怪双目剧痛,血流不止。
鬼怪们吓得赶紧躲起来,
只能在夜里幽幽哭泣,
再也不敢来人间为非作歹。

他还走访了很多部落,
收集他们的图腾徽记。
仓颉把观察到的都记录在龟甲上,
日复一日,年复一年,
仓颉家的龟甲堆满了屋子。

九

造字成功的那一天,
人们兴高采烈地庆祝,
欢快的歌声穿过云层,直达天庭。
上天为仓颉伟大的功绩所感动,
天降谷粒,如大雨倾盆。

十

从此,人们记录事情变得清楚方便,
对待朋友更加礼貌谦逊。
人们尊敬地称仓颉为"文祖"。
文字诞生的那一天,被叫作"谷雨",
成为中国二十四节气之一。

造字成功的那一天,
人们兴高采烈地庆祝,
欢快的歌声穿过云层,直达天庭。
上天为仓颉伟大的功绩所感动,
天降谷粒,如大雨倾盆。

【衍说】

蔡元培在《中国人的修养》中谈到文字的伟大:"人类之思想,所以能高出于其他动物,而且进步不已者,由其有复杂之语言,而又有划一之文字以记载之。盖语言虽足为思想之表识,而不得文字以为之记载,则记忆至艰,不能不限于简单;且传达至近,亦不能有集思广益之作用。自有文字以为记忆及传达之助,则一切已往之思想,均足留以为将来之导线;而交换知识之范围,可以无远弗届。此思想之所以日进于高深,而未有已也。"

生产力的发展推动文明的进步。部落人口和牲畜数量的增加,对记录方式提出了新的要求,这是推动文字产生的核心动力。文字并非产生于空想,而是由人们生产、生活中的经验总结而来。故事中善于观察的仓颉有着双瞳四目,我们用两只眼睛也可以做善于发现的人。仓颉不仅是用眼睛去看,更是用心去观察身边的一切,这样才能真正有所发现,才能激发创造的灵感。

仓颉造字也并非一蹴而就。在遇到瓶颈的时候,仓颉在凤凰的帮助下,发现了每种事物都有自己的特征,这种特征让"我"之所以是"我",让"他"之所以是"他"。只要找到了特征,就能找到事物的本质,并将林林总总的事物区别开来。所以,特点很重要。有特点的人和事物,更容易让人记住，也更容易出彩。所以，人生要活出特点，过得精彩。但当下审美跟风，人人争当"网红脸""纸片人"；城市发展日新月异，但形象却"千城一面"；对国际化的盲目追求，致使本国文化元素模糊并同化……这些值得我们深思。

汉字是上古时期各大文字体系中唯一传承至今的文字，具有历久弥新的内涵和强大的文化力量。故事以神话的口吻告诉我们，汉字是华夏文化的深层力量，我们应该认真学习、珍惜和保护我们的汉字。同时文章将造字成功和谷雨节气的由来相联系，加深了我们对传统节气的认识和理解，并引导读者对节日风俗产生浓厚兴趣。

陆吾和英招

刘勤 高蓉 撰
安艳月 绘

【原典】

○（先秦）佚名《山海经·西山经》："西南四百里，曰昆仑之丘，是实惟帝之下都，神陆吾司之。其神状虎身而九尾，人面而虎爪；是神也，司天之九部及帝之囿时，有兽焉，其状如羊而四角，名曰土蝼，是食人。有鸟焉，其状如蜂，大如鸳鸯，名曰钦原，蠚鸟兽则死，蠚木则枯，有鸟焉，其名曰鹑鸟，是司帝之百服。"晋代郭璞注"陆吾"："即肩吾也。庄周曰'肩吾得之，以处大山'也。"袁珂案："此神即《海内西经》之开明兽也。"

○（先秦）佚名《山海经·西山经》："又西三百二十里，曰槐江之山。丘时之水出焉，而北流注于泑水。其中多蠃母，其上多青雄黄，多藏琅玕、黄金、玉，其阳多丹粟。其阴多采黄金银。实惟帝之平圃，神英招司之，其状马身而人面，虎文而鸟翼，徇于四海，其音如榴。"

○（先秦）佚名《山海经·海内西经》："昆仑之虚，方八百里，高万仞。上有木禾，长五寻，大五围。面有九井，以玉为槛。面有九门，门有开明兽守之，百神之所在。……昆仑南渊深三百仞。开明兽身大类虎而九首，皆人面，东向立昆仑上。"

○（晋）郭璞《山海经图赞》："槐江之山，英招是主。巡游四海，抚翼云舞。实惟帝圃，有谓玄圃。"

○（晋）郭璞《山海经图赞》："肩吾得一，以处昆仑。开明是对，司帝之门。吐纳灵气，熊熊魂魂。"

○（晋）郭璞《山海经图赞》："土蝼食人，四角似羊。钦原类蜂，大如鸳鸯。触物则毙，其锐难当。"

【今绎】

一

高高的昆仑山①上，伫立着一位天神。
他体态怪异、雄壮高大，
老虎的身躯威严如阳光下的丰碑，
九条毛茸茸的尾巴，
像盛开在云层之巅的花。
他掌管着黄帝花园的时节和神界的法律。
他就是天神陆吾！

二

花园里，有一群长着锐角，喜欢吃人的怪兽——土蝼②。

---

① 昆仑山：神山名。是中国神话中最重要的神山，被称为中国第一圣山、华夏龙脉之祖。神话传说中，昆仑山上有瑶池、阆苑、增城、县圃等仙境。据《山海经·海内西经》记载，昆仑山是天帝在下界的都邑，后被渲染为上有无数珍禽异兽、珠宝美玉和掌管人生死的巫师、鬼神的天梯。实际上，昆仑非一地，是神话中的山名，不必坐实某一处。

② 土蝼：似羊的四角异兽。根据《广韵》的记载，土蝼的角锐不可当，触人即死，且喜欢吃人。

每次看见陆吾①,它们便低垂脑袋,前蹄跪下,
四只角摇摇晃晃,恭敬地打哈哈:
"啊! 伟大的陆吾天神,您是最公正英明的天神。
有您在,我们都不敢做坏事。"
实际上,它们总是偷偷做坏事。

三

花园里,有一群像马蜂一样会蜇人的怪鸟——钦原②。
每次看见陆吾,它们就围在陆吾身边,
肥肥的身体摇摇摆摆,恭敬地嗡嗡叫:
"陆吾天神,您是整个天界最英勇的天神!
没有您,黄帝的位子根本坐不稳!"
它们就这样天天拍马屁。

---

① 陆吾:陆吾即《庄子·大宗师》所记之肩吾、《山海经·海内经》所记之开明兽。其为昆仑山上神兽,人面虎身虎爪而九尾,还管理着天之九部和天帝园囿的时令。
② 钦原:传说中的神兽,像蜜蜂一样蜇人,但大如鸳鸯。

花园里,有一群像马蜂一样会蜇人的怪鸟——钦原。
每次看见陆吾,它们就围在陆吾身边,
肥肥的身体摇摇摆摆,恭敬地嗡嗡叫:
"陆吾天神,您是整个天界最英勇的天神!
没有您,黄帝的位子根本坐不稳!"
它们就这样天天拍马屁。

四

花园里还有狡猾的树鸟、凶恶的蛟龙①、阴毒的赤蛇……
它们总是毁坏园中神树,欺负弱小。
它们每天都会对陆吾说很多好听的话:
"陆吾天神,您是天界'第一天神'!
有了您,天界才能祥和繁华!"

五

陆吾听着奉承的话,越来越骄傲,越来越懈怠。
钦原蜇了珍贵的珠树②,树死珠落,
陆吾却在睡大觉。
土蝼用角刺伤了神鹿,神鹿向陆吾告状,
陆吾不相信,认为神鹿在说假话。

---

① 蛟龙:古代传说中指兴风作浪、能发洪水的龙。
② 珠树:神话、传说中的仙树。又名三珠树。《山海经·海外南经》:"三珠树在厌火北,生赤水上,其为树如柏,叶皆为珠。"

土蝼用角刺伤了神鹿,神鹿向陆吾告状,陆吾不相信,认为神鹿在说假话。

六

植被破坏,生灵涂炭。
人间哀嚎遍野,变成了地狱,
人们哭求天神护佑,
悲鸣声直达九重云霄上的天庭。
陆吾却高昂着头,不看不听,不去探查。

七

负责巡视人间的天神英招①,
看到饱受摧残的人间,忧心忡忡。
英招立即扇动背上那双有力的翅膀,
布满虎纹的马身腾空而起,向黄帝禀报。
黄帝听了土蝼和钦原们的恶行,
四张面孔都布满了愤怒!

---

① 英招:神兽名。据《山海经·西山经》,他居住在槐江之山,是帮天帝看管花园的神兽,"其状马身而人面,虎文而鸟翼,徇于四海,其音如榴"。郭璞云:"徇,谓周行也。"

植被破坏,生灵涂炭。
人间哀嚎遍野,变成了地狱,
人们哭求天神护佑,
悲鸣声直达九重云霄上的天庭。

黄帝将手中兵符①一扔,
命令英招带领神兵将它们捉拿。
英招不负众望,
终于将土蝼和钦原们全都抓回了昆仑山。

九

黄帝将它们关押在悬圃②,
命令天神英招严加看管。
悬圃高高地挂在瑶水③之上,
被昆仑山的神光笼罩着!
英招知道责任重大,
他紧紧地盯着这些神兽,
不管它们说什么奉承的话,
都不予理睬,秉公办理。

---

① 兵符:古代调遣军队,更换将领所用的符节(凭证),用铜、玉或木石制成,作虎形,又称虎符,据汉代纬书《龙鱼河图》载:"天遣玄女下授黄帝兵信神符制伏蚩尤。"
② 悬圃:神山名。亦作"玄圃""县圃""平圃"。
③ 瑶水:即瑶池,是中国神话中西王母所居住的地方。《文选·王融〈三月三日曲水诗序〉》:"至如夏后两龙,载驱璇台之上;穆满八骏,如舞瑶水之阴。"

负责巡视人间的天神英招,
看到饱受摧残的人间,忧心忡忡。

十

黄帝撤销了陆吾的神职,
让他回去好好反省。
陆吾也为自己的行为感到羞愧:
"我是多么的愚昧啊!"
然而,事已至此,
陆吾只能为自己的过失,
付出代价。

陆吾也为自己的行为感到羞愧:
"我是多么的愚昧啊!"

【衍说】

陆吾,即《庄子·大宗师》所记之肩吾,《山海经·海内经》所记之开明兽。其为昆仑山上神兽,人面虎身虎爪而九尾,还管理着天之九部和天帝园囿的时令。《竹书纪年》则说开明兽是服侍西王母的灵兽,具有洞察预卜的能力。

陆吾形象往上追溯,即是古人的虎崇拜。汉画像中虎形象比比皆是。除了斗兽和狩猎画像外,许多虎都具有显著的神性特征。人面虎陆吾、九头虎开明兽(此处又是将陆吾和开明兽分开的)也是汉画像的常见造型。

从神话学和民俗学的角度视之,昆仑神话中的虎文化符号和西南彝语支民族中的虎崇拜,在文化意义上具有相通性。它们都是源于古代氐羌族群的虎崇拜。伴随着母系社会过渡到父系社会,虎崇拜同样经历了从母虎崇拜(如创世神虎、西王母等)到男虎崇拜(如陆吾、开明兽等守护神)的演变历程。陆吾神话的背后显然凸显的是男权话语背景下对强大力量的崇拜,所以虎成为彰显男性力量的符号。

陆吾与英招看起来并无关联,但据所属之帝、所司之域、所掌之职、所管之物,可知二者的确具有密切关联。据此,作者展开合理想象,构筑了一个耐人寻味的故事。这个故事若从管理学的角度来读,更有意思。

做一个成功的管理者,并不容易。一个人身处高位,耳朵里听到的全都是好话，看到的全都是笑脸，久而久之，就渐渐迷失自我，忘记了责任。"良药苦口利于病，忠言逆耳利于行。"人性都是有弱点的，都喜欢听好话，亲近说好话的人，但忠言往往逆耳，口蜜又往往腹剑。在糖衣炮弹的进攻下，时时保持清醒、明辨是非，是多么难能可贵啊！

权力越大，责任越大。陆吾身居高位，反而沉迷于权力的虚荣，忘记了自己的责任，终于铸成大错，失去了权力；英招则恰恰相反，他胸怀百姓、尽职尽责，不被任何阿谀奉承所动摇，最后赢得了权力。

后 记

本来打算于年初出版的这套新书《中华远古神话衍说·三皇五帝》(共八本),因为疫情的影响,只得延后出版。不过,这也才使原本因为忙碌而缺失的后记有机会补上。

2020年春节,这场突如其来的新冠肺炎,一方面拉大了人与人之间的距离,甚至于隔绝或永别,另一方面也无形中缩短了人们心灵的距离。泱泱中华,空前团结,用德行感动着世界。疫情如同一面照妖镜,照出世间百态,照出国际风云。与此同时,也放慢了我们的脚步,让我们有了更多时间去回忆、去思考、去展望。

诚然,中华民族自古以来就具有勇于担当、不畏艰险的精神。这套丛书里的故事,无论是大家比较熟悉的《夸父逐日》《精卫填海》《女娲补天》等,还是比较陌生的《青要山女罗》《黄帝斩恶夔》《孤独的旱魃》等,无不体现着这种精神。中华民族还是个崇尚天道、充满仁爱的礼仪之邦,这体现在《三年成都》《承云之歌》《凤鸟立志》等故事中。此外,中国古代的民主和法制精神,同样也可以在本丛书的故事中找到,如《绝地通天》《后土与噎鸣》《陆吾和英招》等。甚至有对人性的思索,如《简狄和建疵》《神奇的大耳国》《月仙泪》等。当然，每一篇神话故事，我们若从不同的角度去思考和解读，又会有不同层面的获得。但有一点是共通的，那就是我们在祖述我们伟大祖先和神话英雄的同时，难道不也正是在千百遍地肯定着、传播着这些精神吗？统而言之，与西方神灵崇尚个人主义、高高在上不同，中国神灵崇尚家国天下，始终关怀着民生、代表着民意。

荣格早就指出，对于散失了灵魂的现代人来说，神话意味着重新教会我们做人。坎贝尔用他神话学专业的敏感告诉人们，古老神话永恒地释放着正能量。关于神话，摩尔根、马克思、恩格斯，其实都有过卓有见识的探索，对于其中所蕴含的人类智慧质素，也从不吝赞美。神话思维，与务实、中庸等一样，同样是我们这个民族的基因。

神话是一个民族的根。它连接着古代与现代，使伟大祖先和神话英雄们的血液仍在我们身体里汩汩流淌。传承是我们信仰的核心。越是久远，越是本质。朋友们，跟随这套书，来进行我们的文化寻根吧！不仅是自己的寻根、孩童的寻根，更是每一位中华儿女的寻根。这不是历史的考证的寻根，而是想象的心理的寻根，这才是真正的本质的寻根，才是"我从哪里来""我要到哪里去"的寻根。所寻之根，血脉之源，生命所系，民族所倚，万物所梦。

我写这套书有几个促因。

以我个人在神话研究领域的工作来说，这是我所做努力的第二个阶段。第一个阶段是从性别文化的角度对中国古代神话做整体性研究。 2004年的夏天,我师从恩师李诚先生进行硕士阶段的学习,由此开始了我的神话研究之旅。 后来,我的博士研究方向,依然是中国古代神话。 在恩师项楚先生的指导下,三年的深耕细作,别有洞天。 工作以后,在忙碌的教学之余,我仍然舍不得放弃神话研究,先后主持完成了"女性神灵研究""性别文化视域下的神话叙事研究""从厕神看中国文化的基质与动力""中国厕神信仰考论"等神话类课题。 尤其是2014年我主持国家社科基金项目"中国厕神信仰考论"时,对中国神话的存在状态和意义又有了新的认知。 我渐渐感受到,中国是不缺乏优秀文化的。

同年10月15日,习总书记在北京全国文艺工作座谈会上指出,文化是民族生存和发展的重要力量,文化自信是更基础、更广泛、更深厚的自信。 因此,当代社会需要结合新的时代条件传承和弘扬中华优秀传统文化,不断增强中华优秀传统文化的生命力、影响力,增强中华儿女的文化自信,实现中华文化的创造性转化和创新性发展。

在此过程中,越来越多的人参与到传承经典、发扬文明的大潮中来,近年掀起的"国学热"就是其中一例。 我理解,"文化自信"的本质,就是对民族之根的自信;"国学热"的背后,就是对民族之根的追求。 如前所述,中国神话连接着古代与现代。 时至今日,伟大祖先和神话英雄们的血液仍在我们身体里汩汩流淌。 中国神话,是最相宜的寻根之路。 随后我便开设了一门选修课"中国古代神话"。 在授课的过程中,很多学生对神话非常感兴趣。我在梳理神话原典的同时,也常加上自己的研究心得,拓展开来,不知不觉讲了一个学期。不过那时,我的主要精力不在此,对神话的普及工作还未做深入的思考。

2015年5月,我的女儿上颐满三岁。她开始对神话特别感兴趣。这时,我也有机会开始系统搜罗神话普及类读物。但结果却让我疑惑:怎么会没有写给我女儿的神话故事呢?在中国的大地上,竟然西方神话故事多于中国神话故事,难道中国神话故事就那么寥寥无几吗?百年来,中国神话研究已经取得了丰硕的成果,但这些研究成果被束之高阁,大众无法触及。市面上的神话读物,大体有以下几个倾向。第一,故事重复、陈旧。第二,或是死守原典的直接翻译,或是无甚依据的随意改编。第三,也有取材于学术论著者,但专业性太强而大众审美性、可读性不足。第四,教育意义比较单一、生硬,未能与时俱进。而且,最为关键的是,大众对神话的理解并没有比一百年前更先进。神话本是一个民族的根,却被误认为是迷信;它本是一个国家的自信,而被误认为不切实际;它本是如今仍然汩汩流淌在我们身体里的鲜血,却被误认为是早已僵死在氏族时代的枯槁。正值经典阐释如火如荼的时代,我们为何唯独忘了神话?一想到这里,我便萌生出做一套大众类神话读物的愿想,产生了讲好中国神话故事的想法,甚至努力暂时撇开日常杂事,试着从专业学科的角度来思考谋划。一方面,可以讲给女儿听听，也算我作为母亲的一片心意。另一方面，也想弥补"国学热"中的一个缺环。

不久，好友许诗红的"力文斋"画室搞活动，邀请我去做嘉宾。她是个非常出色的画家，一手创办的"力文斋"也已经走过了 21 个春秋。多少孩子在这里收获了精湛的画艺、脱俗的审美，以及精彩的人生，她大概已经记不清了。那天，我们举办了"你讲我画"活动，即我讲神话故事，孩子们绘画。活动非常成功。后来我的朋友、学生们也积极参与进来。此后，我们又在成都周边的多所学校中多次组织这类活动，取得了很好的效果。这段随缘经历不仅让我获得了不少"讲故事"的技巧，更让我了解了大众（尤其是青少年儿童）对于神话故事的渴求、对于文化寻根的执着。与此同时，我要出版一套普及类中国古代神话小书的愿想更加迫切了，而且书写形式也更明晰了。

让我感到无比幸福的是，不少朋友听说这件事后主动给我打电话、发微信，表示对这套小书很感兴趣，希望在条件允许的情况下，能出一份绵薄之力。他们有的是大学教授、高级教师、律师、作家、心理咨询师等已经工作了的"社会人"，有的是我一手带大的研究生"娃娃"。李进宁、严焱、高蓉、付雨桁、税小小等参与部分文本写作；王自华、杨陈、王春宇、李远莉、苏德等不仅参与部分文本写作，还参与了出版前的校对工作；安艳月、王舒啸、韩玲等参与部分插画的绘制……凡为此书有过贡献者，我均已署名，在此不一一列举。特别是在我出国客座那一年，上述诸君为此书付出的心血与精力，是非常令人动容的。此间的汗水与泪水，狮子山下的509专家工作室可以见证；此间的情谊与幸福，早已经浸润在我们共同的作品中。

此外，我还特别感谢施维、陶人勇、肖卫东、许诗红等老师的指导，以及李诚、刘跃进、叶舒宪、周明等先生的推荐。感谢生活·读书·新知三联书店慧眼识珠，不遗余力地给予支持。正如前言所说，这套书的创新性是显而易见的，但是肯定还存在着不少问题，真切希望各位读者能不吝赐教，以便于我们进一步改进，讲好中国故事。

弹指五载，白驹过隙。启动此事，米儿才三岁，转眼就八岁了。参与者中有好几位母亲，应该和我感同身受吧！插画小组的韩玲，我初见她时，还是个苗条的小姑娘，转眼就做母亲了。我总预感，读者不仅能从这套丛书中读到有趣的神话，肯定也能嗅出几分母爱的天性吧！

最后，谨以此书献给雷上颐、林子言、梁泠芃、王晨曦、王艺晗小朋友。

是为记。

彦序　上颐斋

2020年4月29日